Franz Innerhofer:
Der Emporkömmling

Erzählung

Deutscher
Taschenbuch
Verlag

dtv

Von Franz Innerhofer
sind im Deutschen Taschenbuch Verlag erschienen:
Schöne Tage (11739)
Schattseite (11851)
Die großen Wörter (11852)

Ungekürzte Ausgabe
September 1995
Deutscher Taschenbuch Verlag GmbH & Co. KG,
München

ISBN 3-7017-0317-5
Gestaltungskonzept: Max Bartholl, Christoph Krämer
Umschlagbild: ›The Sailor (David Ward)‹ (1979–80) von
R. B. Kitaj (© Marlborough Fine Art (London) Ltd.)
Gesamtherstellung: C. H. Beck'sche Buchdruckerei,
Nördlingen
Printed in Germany · ISBN 3-423-12054-1

Ich erinnere mich genau: als ich das erste Mal mit Robert C... zusammentraf, befand ich mich in einem Zustand quälender Angst. Es kommt vor, daß die Grausamkeit des Dschungels sich als das Gesetz erweist, das uns beherrscht. Nach dem Mittagessen ging ich von zu Hause fort...
Im Hof einer Fabrik, unter einer Sonne aus Blei, schaufelte ein Arbeiter Kohle. Der Staub blieb im Schweiß auf der Haut kleben...
Das Glück hatte sich gewendet, und das machte mir Angst. Plötzlich sah ich es vor mir: ich werde arbeiten müssen; die Welt wird meinen Launen ihre göttliche Fülle nicht mehr zum Geschenk machen, ich soll mich, um essen zu können, ihren Gesetzen unterwerfen.

Georges Bataille

Bis hinaus zur Endstation ging alles wie von selbst. Ich brauchte nichts zu tun. Nur stehen und schauen, wie sich der Bus allmählich entleerte. Das letzte Stück konnte ich sogar sitzen. Als der Bus schließlich an einem großen runden Platz anhielt und sich mit einem Zischen plötzlich alle Türen öffneten, überkam mich ein leichtes Bangen. Ich blieb sitzen und wartete, bis alle ausgestiegen waren. Danach ging ich durch eine längliche Siedlung mit Gärten und zweistöckigen Häusern, in denen überall schon Lichter brannten.

Es war ein früher Abend im November.

Ich brauchte nicht lange zu suchen, und ich kam zu dem noch im Rohbau stehenden Haus, an das eine Werkstatt angebaut war, mit deren Inhaber ich am Vortag telefoniert hatte. Es mußten mindestens fünf Jahre gewesen sein, daß ich keine Zange, kein Schweißgerät und keinen Hammer mehr in der Hand gehabt hatte. Der Inhaber der Werkstatt, ein blonder, mittelgroßer, kräftiger, nur wenig über dreißig Jahre alter Mann, musterte mich auch nur einige Augenblicke und sagte sofort, es sei wohl besser, wenn ich mich nach einer leichteren Beschäftigung umschaute. Ich sei doch schon lange nicht mehr im Beruf.

Ich ließ mich aber nicht wegschicken. Alles, was ich nur irgendwie noch über mein verdrängtes, längst vergessenes Handwerk wußte, kramte ich jetzt aus meinem Gedächtnis, zählte dem jungen, blonden Werkstattinhaber Arbeitsgänge auf, nannte ihm die Namen zweier bekannter Firmen, bei denen ich früher einmal beschäftigt gewesen war, und beteuerte, daß ich arbeiten könne, sodaß er mich um eine Spur weniger mißtrauisch anblickte und schließlich einwilligte, es auf einen Versuch ankommen zu lassen. Außer dem Werkstattinhaber und mir war noch ein dritter, ebenfalls junger Mann da, der im hinteren Werkstatteil abwechselnd eine Bohrmaschine und eine Bandsäge bediente und sich weiter nicht um uns kümmerte.

Die Arbeit, die mir der junge Unternehmer versuchsweise zuteilte, bestand darin: Quadrateisenstäbe auf Weißglut erhitzen und auf Maß an einer bestimmten Stelle zuerst einen Meißel und anschließend einen vierkantigen Dorn so weit durchtreiben, daß man die Stäbe ineinanderfädeln konnte. Eine Arbeit, die Schnelligkeit, Treffsicherheit und viel Kraft erfordert.

Ein Kohlenfeuer anmachen, einen Meißel schärfen und mir die entsprechenden Amboßeinsätze zusammensuchen, das konnte ich, aber alles übrige mißlang. Einen Stab um den anderen holte ich aus der Glut, setzte den Meißel mit der Schneide auf der Kante an und schlug mit aller Kraft zu, aber die Schläge waren zu schwach, der Meißel blieb stecken und wurde sofort stumpf. Mit weit auseinandergestellten Beinen stand ich zwischen Amboß und Feuerstelle, keuchte und schwitzte und spürte, wie mir die Knie zu zittern anfingen. Aber es gab kein Entweichen. Ich mußte es durchstehen. Ich mußte den in mir verlorengegangenen, von mir verschmähten und längst in mir versunkenen Handwerker wiederfinden, ihn mit schlank gewordenen Fingern ausgraben und hervorholen. Es war eine mühselige Prozedur, eine Art Begräbnis und Wiedergeburt. Die Jahre, die ich auf Schulbänken verbracht und nach einem Sinn des Lebens gesucht hatte, mußten ein Ende haben. Daß es mir um mehr ging, als durch schlecht bezahlte Schwarzarbeit am Abend etwas Geld zu verdienen, fiel sogar dem höhnisch blikkenden Werkstattinhaber auf. Er schaute mir bald nicht mehr nur mit Genugtuung zu, sondern zeigte schon fast Interesse für mein verzweifeltes Bemühen. Er kam mir nicht zu Hilfe und unterbrach mich auch nicht. Er ließ mich einfach zappeln. Es schien, als wollte er wissen, wie lange ich aushalten würde. Nach einigen Stunden gab ich endlich auf. Ich zitterte am ganzen Körper und war so erschöpft, daß ich nicht einmal mehr den Hammer zu heben vermochte. An den Fingern und Innenseiten der Hände zuckte und brannte es. Auf dem Boden ein Haufen unbrauchbarer Quadrateisenstäbe. Mir schwindelte.

Vor langer Zeit, vor vielen Jahren bin ich ein guter Arbeiter gewesen. Ich wollte laufen. Ich wollte so schnell wie nur möglich von dem jungen, blonden Werkstattinhaber wegkommen und mich durch die Siedlung zur Landstraße hinaufflüchten, ich war aber zu schwach und zu erschöpft. Das Gehen schien mir auf einmal so mühsam. Vor langer Zeit, vor vielen Jahren. Was hast du nur aus dir gemacht? Es schüttelte mich. Ich hatte auf einmal Angst, unterzugehen. Auf einmal kam mir vor, ich hätte zu lange gewartet. Auf einmal war mir, als hätte ich verloren. Wie in ganz frühen Zeiten wieder einmal auf einer nächtlichen Landstraße. Ich fühlte mich sinken und geriet immer mehr in Panik. Ich schleppte mich bis zu einem Vorstadtwirtshaus, bestellte ein Bier und brach in Tränen aus.

Aber es gab mich auf einmal. Ich fing auf einmal wieder an zu leben. Ganz winzig und elend kroch ich zu mir zurück. Irgend etwas in mir begann sich zu wehren. Ich wußte nicht, was es war, aber ich spürte plötzlich, daß ich leben wollte. Ich spürte es. Es dämmerte mir, daß ich keine Zeit mehr verlieren durfte. Du mußt aus allem, was schon längst nichts mehr mit dir zu tun hat, weg. Du mußt es versuchen. Du mußt endlich auf dich hören. Du mußt es auf dich nehmen, daß sie dich für einen Narren halten. Du mußt es einfach durchstehen. Du mußt endlich anfangen, von dir auszugehen und nicht immer von den anderen. Es schmerzte. Aber ich kam wieder auf die Beine. Ich fing wieder an, mich zu bewegen. Endlich gab es irgendwelche dünnen Fäden, die zu mir zurückführten. Auf einmal dämmerte mir, daß ich etwas aus mir hervorholen kann. Es kann einfach nicht umsonst gewesen sein. Es darf nicht wahr sein, daß ich mich umsonst geplagt habe. Du mußt dir deine Hände zurückerobern. Die Hände sind dein Ausweg. Nur über sie kannst du vielleicht zu dir finden. Immer weiter und weiter, immer auf der Flucht, immer besorgt und unruhig, immer auf der Suche nach einem Sinn und einer Möglichkeit zum Bleiben, und auf einmal hockte ich mit leeren Händen vor mir und spürte mich sinken. Es bangte mir vor dem Unbekannten. Alles an mir war so gut wie unbrauchbar geworden, und ich redete es mir auch ein. Aber der Wille zu leben war stärker. Ganz klein, fing ich an zu suchen. Es mußte eine Möglichkeit geben, nicht unterzugehen.

Es war mein dritter, längerer Aufenthaltsort, von dem aus ich die Universität besucht hatte, ein mir bis in alle Winkel vertrautes Haus, von dem ich nun Abschied nahm. Nicht gerade zum Bedauern einer bestimmten Gruppe von langjährigen Heiminsassen, die mich schon mindestens vor einem Jahr hinauswerfen wollten, da ich abfällig über ihre Burschenschaftszugehörigkeit geredet und einmal ihre bunten Bänder, auf die sie stolz waren, Hosenträger genannt hatte, womit ich mir ihre dauernde Feindschaft einhandelte. Sie freuten sich, daß ich ging.

Und für mich war es höchste Zeit, mich aus meiner Lächerlichkeit zu erheben. Höchste Zeit, nicht mehr in Teiche zu starren, nicht mehr an Tod, Untergang und Selbstmordvorhaben zu denken. Höchste Zeit, mich zurückzuholen. Versunken in Philosophien und Theorien, war ich in einem Stuhl gelehnt und hatte durch ein großes quadratisches Fenster über die Dächer hinweg zu einem Berghang hinübergeschaut. Jede Regung war mir überflüssig vorgekommen. Und auf einmal gab es etwas, das aus mir selber kam. Eine winzige, schüchterne Stimme, die mir sagte, du mußt es noch einmal versuchen. Du mußt zu dir zurück.

Ich wußte nicht, ob es mir gelingen würde, aber ich war entschlossen, noch einmal von vorne anzufangen. Ich war entschlossen, mich zu beugen. Ich war entschlossen, an meine eigene Möglichkeit zu glauben. Es schwindelte mir, aber ich ging und suchte nach meinen Koffern, die irgendwo zuhinterst im Abstellraum im Keller liegen mußten. Ich suchte auch nach Büchern aus der Lehrlingszeit, um längst vergessene Fachkenntnisse neu zu studieren. Ich wußte nicht mehr, wie man eine Gewindesteigung berechnet, wie bestimmte Werkzeuge genannt werden, wie man eine Drehbank einstellt, wie ein Schwerpunkt errechnet wird, wie Werkstoffe unterschieden werden. Ich hatte alles vergessen. Allein das Hineingehen in eine Werkstatt kam mir wie ein Abenteuer vor. Ich mußte mich ermutigen und mir einreden, daß ich einmal ein guter Arbeiter gewesen war. Aber es ging. Ich verzagte nicht, wenn ich weggeschickt wurde. Es gab ja kein Land mehr, dem es an Menschen mangelte. Es gab überall schon mehr Menschen als Arbeit. Ich wußte es. Ich wußte es ganz genau. Ich schrieb Briefe und bekam Absagen. Ich gab aber nicht auf. Schließlich überwand ich sogar meinen letzten Stolz und schrieb an meine Familie, von der ich mich in einem langen Brief losgesagt hatte. Ich schrieb, daß ich für einige Zeit das Studium unterbrechen müsse, weil mir das Geld ausgegangen sei. Einige Tage später bekam ich von der Mutter einen Brief, wie froh sie sei, daß ich endlich wieder von mir hören ließe. Wie ich vielleicht wisse, sei Hermann, mein Bruder, noch immer in München. Sie könne nichts versprechen, aber sie werde ihm gleich schreiben, daß er in der Firma fragen solle, ob sie jemanden einstellten. Mein Bruder sei in der Firma gut angeschrieben.

Es vergingen einige Wochen, ohne daß ich etwas Konkretes erfuhr, aber ich begann mich schon darauf einzustellen, daß es jetzt einfach so war. Ich saß vor meinen Büchern und überlegte, was ich mitnehmen und was ich weggeben sollte. Neben dem Schreibtisch hatte sich ein Stoß Manuskripte und halbbeschriebener Hefte angesammelt. Romanentwürfe, aufgegebene Erzählungen, mißlungene Hörspiele und eine Mappe mit schon im Rundfunk publizierten Gedichten, weiters Skizzen, Flugblätter und eine Menge Zeitschriften, in denen zum Klassenkampf aufgefor-

dert wurde. An der Wand gegenüber dem Bett war eine Schnur um einen Nagel gewickelt, an deren unterem Ende ein schwarzes, einem Käfer ähnliches Gewächs hing, über das Herbert Takuner sich oft wunderte, wenn er bei mir war. Es war eine große Kartoffel, die ich zu einem unkenntlichen, häßlichen Ding hatte verdorren lassen. Vor diesem sonderbaren Gewächs stand ich lange und überlegte, ob ich es nicht in ein weiches Papier einwickeln und mitnehmen sollte.
Das Zimmer, in das ich mich immer mehr zurückgezogen, in dem ich mich zu einem leblosen, schweigsamen Geschöpf verwandelt hatte, war lang und sehr schmal. Die Einrichtung bestand aus einem hohen Schrank, einem aufklappbaren Bett, einem Bücherregal, einem Schreibtisch und zwei Stühlen und war auf einer Seite an der Wand entlang aufgestellt, sodaß zum Fenster hin, wo der Schreibtisch stand, eine Art Gang frei war. Zum Zimmer gehörte auch noch ein winziger Vorraum mit einem Waschbecken und einer Garderobe. Alles zusammen nicht ganz neun Quadratmeter, die zum Ersticken vollgeräumt waren. Einige hundert Meter hinter Dächern und Häusern erhob sich steil ein mit Mischwald überwachsener Berg, über dessen Spazierwege ich oft gewandert war. Von diesem Berg trennte ich mich ungern.

Mit diesem Berg verband mich viel. Auf diesem Berg war etwas mit mir passiert, woran ich selber nicht ganz geglaubt hatte. Es war an einem Wintertag. Ich ging langsam an schwer mit Schnee behangenen Fichten vorbei den mittleren Hang hinunter, und plötzlich fällt mir ein kurzes Gedicht ein. Ein ganz einfaches, unbedeutendes Gedicht. Ich konnte es fast nicht glauben, aber das Gedicht ließ sich nicht mehr wegschieben. Ich konnte es prüfen, soviel ich wollte, es war nicht nachgemacht. Es stammte tatsächlich von mir. Eine ungeheure Erleichterung überkam mich. Innerhalb weniger Augenblicke war etwas passiert, das mich von allen Zweifeln erlöste. Ich wußte plötzlich, daß ich es schaffen würde. Es ist keine Einbildung gewesen! Es ist tatsächlich möglich! Endlich wußte ich, daß die Fähigkeit zum Schreiben entwickelbar ist. Endlich hatte ich alle, die von Genie und angeborenem Talent redeten, los. Endlich wußte ich, daß sie nur schwatzten.

Das war ein großer Tag. Er lag weit zurück. Nicht ganz drei Jahre, in denen sich viel ereignet hatte. Bombenabwürfe. Demonstrationen. Politische Bewußtseinsbildung und die Aufspaltung in immer mehr Gruppen. Ich ging überall hin, stotterte, fluchte, schimpfte, schrie und wurde immer verzagter, hilfloser und mir selber fremder. Ein der Arbeit Entlaufener unter Menschen mit dünnen Fingern, die von Produktionsbedingungen, Hand- und Kopfarbeit und Entfremdung sprachen. Das konnte auf die Dauer nicht gutgehen. Das wurde mir allmählich klar. Ich war froh, daß ich noch etwas Zeit hatte, um mich an den Gedanken zu gewöhnen, daß ein langer Weg vor mir lag. Ich stand in der Früh auf und ging schon am Vormittag spazieren. Von einer Bank aus schaute ich zu den grauen, aus Fertigteilen errichteten Gebäuden der Universität hinunter, in denen reger Betrieb herrschte. Es kam mir sonderbar vor, daß ich so gar nichts empfand. Von überall, wo ich früher weggegangen war, war mir etwas geblieben, das ich hatte mitnehmen können. Selbst das Gebäude der Arbeitermittelschule hatte ich wenigstens noch gehaßt, aber von den Gebäuden der Universität, die ich mit ungeheurem Interesse betreten hatte, blieb nichts zurück. Keine Reue, kein Haß, kein Bedauern. Höchstens ganz leicht ein Gefühl, als ob ich eine Grabstätte verlassen hätte. Es war ein gutes Gefühl, in der Früh aufzuwachen und zu wissen, daß es weitergeht. Ich spürte wieder Boden unter den Füßen und war überzeugt, daß ich mich endlich zu der richtigen Entscheidung durchgerungen hatte.

Herbert Takuner war nicht damit einverstanden, daß ich jetzt ging. Er beschwor mich, doch endlich zu akzeptieren, daß ich Intellektueller sei. Ob ich es nun wahrhaben wolle oder nicht, Tatsache sei, daß ich zu den Intellektuellen gehöre. Es sei nun wirklich an der Zeit, mir diesen Umstand

einmal deutlich vor Augen zu halten. Es sei eine Illusion, zu glauben, ich könne mich als Arbeiter besser entfalten. Das sei eine völlige Verkennung der Realität.
Er meinte es natürlich gut, aber mit Reden war mir nicht mehr beizukommen. Ich stellte mich ganz einfach taub, bis er einsehen mußte, daß nichts half, daß mich nichts und niemand zurückzuhalten vermochte.
Wir schwiegen. Wir sprachen nicht mehr darüber.
Wir fuhren bereits neben langen Fernlastzügen her durch München und hielten nach einem Schild Ausschau: Wir suchten die Abzweigung nach Dachau. Wir blieben einige Male stehen und erkundigten uns nach einem Ort namens Hochbrück, der irgendwo nördlich von München auf der Strecke nach Dachau liegen sollte.
Es war ein kleiner Ort mit flachen Wiesen, grau verputzten Häusern und großen Kiesgewinnungsanlagen. Es regnete leicht. Ich erschrak ein wenig, als wir von der Straße abbogen und durch die Einfahrt auf einen von niedrigen Baracken umstellten Platz zufuhren. Es war gerade Mittagszeit. Von einem über den Platz gehenden Arbeiter erfuhr ich, in welcher Baracke ich meinen Bruder finden würde. Ich ging auf die Baracke zu und betrat über einige Holzstufen einen schmalen Gang mit drei Türen, die zu verschiedenen Kojen führten. Ich war etwas aufgeregt, als ich an die Tür klopfte und sie einige Augenblicke

später aufmachte und meinen Bruder, von Stockbetten umgeben, in einem winzigen Raum mit zwei Männern an einem kleinen Tisch sitzen sah. Ich wollte ihm entgegengehen und ihn begrüßen, aber er schaute mich an, als ob ich schon seit Jahren hier aus und ein gegangen wäre. Er verharrte ruhig auf dem Stuhl und hob nicht einmal die Hand, sodaß ich augenblicklich stehenblieb und mir von der Türschwelle aus anhörte, wo das Büro zu finden sei und bei wem ich mich vorzustellen hätte.
Ich stolperte etwas benommen hinaus auf den Platz, wo Herbert Takuner neben dem Auto auf mich wartete. Wir hockten dann mehr als eine Stunde in einer Ecke im Hauptdurchgang, von wo aus Türen und Gänge zu den verschiedenen Abteilungen führten und wo hinter einer Glaswand eine junge Frau als Telefonistin arbeitete, die uns dem Geschäftsführer vorstellte und schließlich an den Inhaber der Firma weitervermittelte.
Der Firmeninhaber, ein großer, mindestens fünfundfünfzig Jahre alter freundlicher Herr, machte wenig Anstalten. Er wollte uns gleich beide beschäftigen. Aber da mein Freund, der ja keine Arbeit suchte, dankend ablehnte, führte er nur mich allein in sein Büro. Er verlangte kein Zeugnis und erkundigte sich auch nicht, wie lange ich schon aus dem Beruf sei, sondern wollte nur wissen, für welche Arbeit ich eingestellt werden möchte. Anschließend an einige Fragen, meine

Studienpläne betreffend, nannte er mir den Anfangsstundenlohn und rechnete mir vor, wieviel ungefähr ich am Monatsende ausbezahlt bekommen würde. Nachdem das Aufnahmeverfahren abgeschlossen war, hatte ich das Gefühl, eigentlich würde gar niemand gebraucht.

Wir traten hinaus ins Freie. Aus einer langen und hohen Halle kam ein ungeheurer Lärm. Ich hielt nach meinem Bruder Ausschau. Ich wollte ihn noch einmal sehen und mit ihm reden. Es war nicht einfach, ihn zu finden. In einer nicht allzu großen, länglichen Halle, umgeben von aufgewirbeltem Holzstaub, Maschinen und Arbeitern, die irgendwelche Platten und Pfosten zuschnitten und sich Bretter zuschubsten, schrien wir uns an. Es mußten über sechs Jahre sein, daß wir uns nicht mehr begegnet waren. Es war unmöglich, sich in dem Lärm zu verständigen. Ich ging wieder. Gegenüber der hohen und langen Halle waren riesige Stahlmatten übereinandergestapelt. Weit dahinter sah ich Berge von bräunlichem Kies.

Als wir wenig später beim Auto standen, das Takuner vor den Bürogebäuden geparkt hatte, schauten wir uns ratlos an, denn im versperrten VW-Käfer baumelte unterhalb des Zündschlosses Takuners Schlüsselbund. Aber das Mißgeschick war bald behoben. Ein junger, lachender Arbeiter kam uns zu Hilfe und überreichte uns nach zwei Handgriffen die kleine dreieckige Fensterscheibe, sodaß wir die Türen öffnen und einsteigen konnten.

Da unsere gemeinsame Fahrt bisher lediglich meinen Vorhaben gegolten hatte, überließ ich ihren weiteren Verlauf Herbert Takuner, der sich meinetwegen einen Tag freigenommen hatte. Er schlug vor, nicht sofort wieder nach München, sondern zuerst noch nach Dachau zu fahren und dort das Konzentrationslager zu besichtigen.
Wir standen vor schwarzen Tafeln mit weißer Schrift, vor Säulen und Wänden und lasen Namen. Wir schwiegen, als wir weggingen. Es war mir unverständlich, wie Menschen so nahe an einem so schrecklichen Ort leben konnten. Es war mir unheimlich, als wir durch den Wald, durch den wir gekommen waren, zurückfuhren. Ein flacher, dichter Fichtenwald. Ich wurde ungeduldig. Jede Kleinigkeit regte mich auf. Ich wollte endlich leben. Ich wollte mich frei fühlen und lachende Gesichter sehen. Ich stöhnte vor Ungeduld.
In Schwabing fädelten wir lange durch verstopfte Straßen, um einen freien Parkplatz zu finden. Wir einigten uns, ein kleines, ruhiges Lokal zu suchen. Wir hatten Hunger und wollten uns ein wenig ausruhen.

Als wir uns das erste Mal getrennt hatten, war Takuner ausgezogen. Jetzt war es umgekehrt. Diesmal sah er sich zurückgelassen. Diesmal ging ich. Ich war niemandem Rechenschaft schuldig. Und es krähte auch niemand nach mir. Niemand außer Herbert Takuner. Ihm war es nicht gleichgültig, wohin ich ging. Ihm war es nicht gleichgültig, was ich dachte und mit mir vorhatte. Er war der einzige Mensch, mit dem ich ernsthaft redete. Wir sprachen nicht über alles, nicht über jede Kleinigkeit und jedes Wehwehchen. Wir gaben uns nicht gegenseitig preis. Wir hatten es nicht nötig. Wir sprachen nicht einmal darüber, daß wir Freunde waren. Wir sprachen über unsere Vorhaben und ließen uns im Unsichern. Wir waren beide zu beschäftigt und zu unruhig, um zu wissen, wer wir waren. Wir wußten nur, was wir nicht sein und nicht werden wollten. Alles andere lag offen vor uns und bedeutete Zeit, Mühe und Wagnis.

Wir diskutierten nicht mehr.
Es ging uns nur noch darum, gemeinsam einen Tag zu verbringen und möglichst gut miteinander auszukommen. Es war nicht mehr wichtig, ob ich mich falsch oder richtig entschieden hatte. Wir ließen uns das Essen schmecken und setzten uns anschließend in ein Café. Wir zogen durch Kaufhäuser und Bierhallen und suchten Buchhandlungen auf. Herbert Takuner war ein Entdecker. Er spürte Bücher auf, von denen niemand sprach, und trug sie mit sich herum. Er war ein eifriger und vielseitiger Leser. Er liebte Bücher und gab viel Geld für sie aus. Ja, geradezu wie Heiligtümer verteidigte er die Schriften mancher ganz unbequemer Autoren, von deren Existenz die Professoren nie etwas wissen wollten. Ich stöhnte oft, wenn er wieder und wieder von dem einen

Buch zu reden anfing, das mit einer schrecklichen Genauigkeit die Einrichtungen und Vorgänge beschrieb, durch die Menschen um ihre Gefühle, ihren Verstand gebracht und in willenlose Wesen verwandelt werden. Ich fürchtete mich vor diesem Buch und weigerte mich, es zu lesen. Aber mein Freund verehrte es. Immer hatte er dieses Buch in seiner aufgeblähten Tasche, um jederzeit daraus zitieren zu können.

Es war schon Abend, als wir lange zwischen, neben und hinter Lastzügen herfuhren. Das ständige Überholtwerden und die vielen entgegenkommenden Scheinwerfer machten mich nervös. Es ging mir zu langsam. Die Fahrweise meines Freundes war mir zu bequem und zu gemütlich. Sie vertrug sich nicht mit meiner Umgewöhnung auf das Leben eines Werktätigen. Es war mir, als entführe er mich von meinem Vorhaben und bringe mich zu den endlos Staunenden der Geisteswissenschaft zurück. Es machte mir angst. Wir hielten an einem Parkplatz und lösten uns ab. Ich brauste los und freute mich, meine Sinne zu beschäftigen. Die Erleichterung dauerte aber nicht lange, und der wegen seiner Robustheit gepriesene VW-Käfer kam ganz plötzlich zum Stehen. Und wir schauten natürlich dumm, stiegen aus und stellten das Warndreieck auf. Das war irgendwo zwischen Chiemsee und Salzburg in der Gegend um Traunstein. Wir waren froh, als nach langem Warten mit lautem Gekreisch ein schwerer Lastzug anhielt und uns bis zum nächsten größeren Ort mitnahm. Ein kräftiger, rothaariger Holländer, der sagte, daß er schon längst an der Grenze sein müßte. Wir bedankten uns bei ihm und wünschten ihm alles Gute fürs Leben. In einem Wirtshaus wurde uns erklärt, wo der Abschleppdienst zu finden sei. Er bestand aus zwei Fahrzeugen, einem Bauernhaus mit angebautem Stall, in dem in einem Schuppen eine behelfsmäßige Mechanikerwerkstatt eingerichtet war, und wurde von einem jüngeren und einem älteren Mann, von Vater und Sohn, betrieben, die beide nicht anzutreffen waren. Dafür war aber die Frau des Älteren da, schaute uns an und überlegte, wie sie uns am besten den Weg zu einem Wirtshaus erklären könnte, in dem wir ihren Mann höchstwahrscheinlich antreffen würden. Und wir fanden ihn dann auch. Er spielte Karten, trank Bier und rauchte Pfeife. Wir erzählten ihm, was passiert war. Er hörte zu und zog an der Pfeife und zog noch einmal an der Pfeife, bevor er sagte, es könne sich nur um die Stelle handeln, wo schon viele VW-Motoren verreckt seien. Er werde dann mit uns hinausfahren und schauen, was sich tun ließe. Auf der Fahrt hinaus kam er auf seinen Sohn zu sprechen, der mit ihm den Abschleppdienst betrieb, Mechaniker war und mit Austauschmotoren handelte. Wir hörten zu. Es blieb uns nichts anderes übrig, als uns für die *Fähigkeiten* seines Sohnes zu interessieren.

Das Auto mußten wir dortlassen. Der Motor war anscheinend tatsächlich kaputt. Ich war darüber sehr betroffen, denn ich hatte kein Geld, um die Reparaturkosten zu zahlen. Und hinzu kam, daß der Wagen nicht meinem Freund, sondern dessen Frau gehörte. Sie hatte ihn erst vor einer Woche gekauft und lange dafür gespart. Eine Weile gingen wir schweigend nebeneinander her und probierten abwechselnd, Autos anzuhalten.
Die Landschaft war leicht hügelig, mit weit auseinanderliegenden Dörfern und großen, wuchtigen Häusern und verschlossenen, mißtrauisch blickenden Menschen. Takuner fing an zu lachen. Er fand es komisch, daß wir auf einmal zwischen Dörfern auf einer nächtlichen Landstraße gingen. Er lachte und lachte, sodaß auch ich zu lachen begann. Wir versuchten bald nicht mehr, ein uns nachkommendes Auto anzuhalten. Es machte uns nichts aus, daß uns niemand mitnahm. Wir holten Zigarren aus unseren Manteltaschen, zündeten sie an, bliesen Rauch in die Luft und lachten. So ganz unerwartet nichts anderes tun zu können als gehen, gefiel und belustigte uns.

Ich stand vorm Studierpult und schaute durchs Fenster über die mir wohlbekannten grünen Dächer zweier niedriger Häuser auf die Straße hinunter, in der ein schwächlicher Bursch mit einem kürzeren Bein aus der Einfahrt eines Baugeschäfts Zementsäcke trug und auf dem Gehsteig übereinanderstapelte. Sein bleiches Gesicht, seine langen Arme, sein stummes An-der-Mauer-Lehnen und Oft-im-Regen-Stehen-und-auf-Kundschaft-Warten waren mir vertraut. Ich sah ihm zu, wie er hinkend in der schmalen Einfahrt verschwand und bald darauf mit kurzen Schritten wieder zum Vorschein kam. Er war mir ein lieber Nachbar, von dem ich gern gewußt hätte, wie sie ihn hinter der Einfahrt in den Lagerräumen behandelten. Ich ließ von ihm ab und wandte mich den Büchern zu, die ich überall herumliegen hatte. Auf dem Bett, auf den Stühlen, auf dem Boden, auf dem Pult nichts als Bücher. Ich sah sie mir eine Weile an. Die geistige Odyssee eines Arbeiters lag vor mir ausgebreitet. Eine ungeheure Müdigkeit überkam mich, wenn ich an die Naivität, den Eifer und die viele Zeit dachte, die ich aufgewandt hatte, um die Geheimnisse der Geisteswissenschaft aufzuspüren. Wäre das Bett nicht so vollgeräumt gewesen, hätte ich mich glatt hinlegen und mich zu einem Erholungsschläfchen ausstrecken müssen. Aber auf dem Bett war kein Platz. Es blieb mir nichts anderes übrig, als mich trotz Müdigkeit zu bücken, die Überreste meiner Odyssee aufzulesen, den Kot zusammenzuklauben und übereinanderzustapeln. Es wurde ein hoher Stoß. Er war so schwer, daß mich sein Anblick allein schon verdrossen machte. Ein schweigendes, kaltes Monstrum, an dem ich mich ganz allmählich erschöpft hatte. Ein Kadaver, den ich endlich loswerden mußte. Zum Glück hatte ich nicht alles gelesen. Zum Glück hatte ich die Bücher der ganz ehrwürdigen Denker, um die die Literaturwissenschaft kreiste, nur gekauft und in das Regal gestellt. Zum Glück hatte ich nur von ihnen gehört, sie aber nicht gelesen. Ich war froh, daß sie so fleißig nachgedacht und zu jedem schriftstellerischen Absatz etwas zu sagen hatten. Ich war froh, daß sie wieder und wieder ihr unermüdliches Suchen zu Papier gebracht hatten. Die Hinterlassenschaft ihrer Safari war zum Glück schon so groß, daß ich mich anderen erst gar nicht mehr anzuschließen brauchte. Um zu erkennen, daß ich mich nur noch retten konnte, genügte das langsame und bewußte Durchgehen der Bibliothek, das Herausziehen und Durchblättern von Karteikästen. Von diesen Einrichtungen lernte ich. Ich packte und packte und war froh, daß ich endlich zu den Repräsentanten der Geisteswissenschaft zurückschauen konnte. Über sieben Jahre hatte diese Odyssee gedauert. Über sieben Jahre hatte ich gebraucht, um herauszufinden, daß ich einem aufwendigen Leichenbegängnis gefolgt war.

Ich schwitzte am ganzen Körper. Das Aufräumen strengte mich an, aber ich gönnte mir keine Pause. Ich mußte die Reste meines Irrtums loswerden. Es roch nach Staub und trockenem Papier. Es ekelte mich. Es war ein Ekel vor der

Sinnlosigkeit, der Leere, dem Nichts, in das sich die ganze Anstrengung plötzlich auflöste. Selbst vor den leeren Regalen ekelte mich. Ich löste alles auf. Die komplizierten Manöver der Sprachwissenschaft, den Wetteifer um Deutungen, den Streit um Methoden, die Diskussion um Gattungen, die Suche nach Definitionen löste ich auf. Mir wurde immer leichter. Am Schluß, nachdem ich die selbst für die Literaturwissenschaft wertlos und uninteressant gewordenen Schriften zusammengeschnürt und in die Mülltonnen geworfen hatte, mußte ich nur noch die Koffer vollpacken und sie zum Antiquariat tragen. Einen geringen Teil von dem ausgegebenen Geld wollte ich zurückhaben, um mir einen Arbeitsanzug zu kaufen und meine Befreiung zu begießen.

Ich keuchte, als ich zwischen angehaltenen Autos durchfädelte und die Straße überquerte und mich an Taxistandplätzen vorbei der Buchhandlung näherte, in deren Kellergeschoß das Antiquariat untergebracht war. Die letzten hundert Meter schienen sich endlos in die Länge zu ziehen. Es war das erste Mal, daß ich Bücher zu einer Buchhandlung brachte. Ich schämte mich ein wenig, als ich am Ende eines von vollen Regalen umstellten schmalen Ganges die Koffer auf den Boden stellte und auf eine Gelegenheit wartete, um mit Herrn Nagel, dem Inhaber der Buchhandlung, zu reden. Ich kannte Herrn Nagel vom Sehen und hatte von verschiedenen Seiten günstige Meinun-

gen über ihn gehört, sodaß ich den Eindruck gewonnen hatte, es handle sich um einen korrekten Menschen. Er stand neben einem hohen Regal, sprach lange mit dem Sekretär der Österreichisch-Sowjetischen Gesellschaft und bediente anschließend noch zwei Kunden.
Es ging dann sehr rasch, als ich an der Reihe war. Ich wollte mich um einen Stuhl bemühen, um die wertvollsten Stücke auszulegen, aber es war nicht nötig. Es bedurfte keines Stuhles oder sonst einer Vorrichtung.
Es genügte ein Blick.
»Hundertfünf Schilling«, sagte Herr Nagel und wollte gleich wieder gehen.
»Aber das ist unmöglich«, rief ich ihm nach. »Das ist ganz und gar unmöglich. Da sind Bücher darunter, die noch im Handel sind. Etliche sind sogar noch eingeschweißt. Hundertfünf Schilling ist einfach ein Witz!«
Herr Nagel kam daraufhin noch einmal zurück, ohne sonderliches Interesse. Ich bückte mich und suchte rasch nach zwei schönen, ungelesenen Büchern, von denen ich annahm, daß sie ihm ganz sicher gefallen würden. Ich war enttäuscht, als er sie nach einem flüchtigen Hinschauen gelangweilt weglegte.
Ich gab mich geschlagen. Ich sah ein, daß es sinnlos war, diesen Menschen zu interessieren. Ich hatte mir erhofft, in dem Händler und Aufbewahrer von Büchern eine winzige Spur von meiner im Lauf von Jahren investierten Begeisterung

wiederzufinden, eine geduldige Geste, ein kurzes Verweilen, einen besorgten Blick, aber seine Augen blieben kühl. Ich klappte die Kofferdeckel wieder zu und schleppte alles hinaus.
Ich versuchte, nicht daran zu denken, wieviel Geld ich ausgegeben hatte. Es gelang mir auch. Ich fand es sogar gut, daß es so ausgegangen war. Der Platz, an dem ich die Bücher entlangschleppte, erinnerte mich an die Zeit, als ich das ehrfürchtige Aufschauen gelernt hatte. Jetzt konnte ich über die Parkanlagen zu dem Gehsteig hinüberblicken, über den ich mehr als 1000 Abende gehetzt war. Jetzt konnte ich zu den ausgestandenen Ängsten zurückschauen. Jetzt konnte ich mit ruhigem Gewissen gehen. Es war nicht so, daß ich mir betrogen vorkam. Ich konnte jetzt gehen.

An einem frühen Sonntagnachmittag im Februar war es dann soweit. Ich verabschiedete mich von Herbert Takuner, setzte mich neben meinen Bruder in das firmeneigene Auto, und wir fuhren los. Die Landschaft war nur stellenweise mit einer dünnen Schicht Schnee bedeckt. Der Himmel dicht bewölkt. Bäume und Sträucher fast schwarz. Der Bruder wortkarg. Er schien es eilig zu haben. Er fuhr so schnell, daß ich befürchtete, es könnte die Stahlstifte aus den Reifen schleudern. Ich schielte mehrmals verstohlen zum

Tachometer hinüber, dessen Nadel sich zwischen den Zahlen 130 und 140 hin und her bewegte, ich sagte aber nichts. Ich fand es lächerlich, mit meinem Bruder übers Autofahren zu reden. Es gab eine Menge anderer Dinge, über die ich mich gern mit ihm unterhalten hätte. Aber dazu mußten wir uns erst wieder kennenlernen.

Ich konnte mich noch gut an das alte Wirtshaus erinnern, in das er mich einmal an einem Sonntagvormittag mitgenommen hatte, und wie ich ihm dann auf dem Heimweg zugeredet hatte, doch etwas aus sich zu machen. Auch der Rohbau mit dem noch nicht fertigen Dachstuhl fiel mir wieder ein, den ich am nächsten Tag gesucht hatte, um mich von ihm zu verabschieden. Damals war es mir unverständlich gewesen, wie sich ein junger Mensch damit abfindet, sein ganzes Leben lang Arbeiter zu bleiben. Jetzt war ich froh, es selbst noch einmal als Arbeiter versuchen zu können. Ich wollte wissen, wie sie leben, was sie denken, wofür sie sich interessieren und worüber sie sich unterhalten. Vor allem wollte ich herausfinden, ob ich mich überhaupt noch mit ihnen verständigen konnte. Freilich hatte ich auf lange Sicht eine Menge mit mir vor. Aber das waren alles Dinge, die sich im Laufe der kommenden Monate ergeben würden. Zunächst empfand ich es als Wohltat, mir nichts überlegen, nichts planen zu müssen, sondern einfach zuzusehen, wie ich mit allem zurechtkam.

Mir war nicht gerade zum Jauchzen zumute, als wir über den großen Platz an den Bürogebäuden vorbei zur hintersten Baracke zurückfuhren. Vor dieser Baracke ein zugeschneiter Acker und dahinter Wald. Ich war längst zu verwöhnt, um mir vorzustellen, daß es Menschen gibt, die in einem trostlosen Barackenlager ihre Wochenenden verbringen.
Ich sah mir die mir zugeteilte Koje an. Sie war vielleicht fünfeinhalb Quadratmeter groß und mit einem Schrank, einem Bett, einem Stuhl und einem Tischchen eingerichtet. An der Wand überm Bett befand sich sogar ein Bücherregal. Am besten gefiel mir das Fenster: eine aufklappbare Oberlichte, durch die der oberste Teil einer schwarz gestrichenen Mauer, zwei darüber gespannte Stacheldrähte und weit dahinter Berge von Kies zu sehen waren. In der ganzen Baracke, die aus insgesamt zwei großen Kojen und der mir zugeteilten kleinen Koje bestand, war ein einziger Arbeiter, der hier das Wochenende verbrachte. Er sah bleich und verschlafen aus. Dem Dialekt nach stammte er aus der Steiermark.
Nachdem ich meine Sachen aus dem Auto geräumt und in der Koje auf einem Haufen aufs Bett geworfen hatte, mußte ich mich entscheiden, ob ich weiterfahren oder hierbleiben wollte. Ich entschloß mich auf der Stelle fürs Weiterfahren, was mir mein Bruder schon allein wegen der sogenannten Trennungszulage, die in meinem Fall um ein Drittel mehr Verdienst bedeutete, geraten

hatte. Aber solche Überlegungen stellte ich im Augenblick gar nicht an. Ich war einfach froh, daß ich mich wieder ins Auto setzen konnte. Der Kontrast war zu groß, als daß ich mich innerhalb weniger Minuten mit dieser ungeheuren Trostlosigkeit hätte anfreunden können. Schon während wir an den Baracken, den Bürogebäuden und an Betonmischanlagen, großen Trichtern und Hallen vorbei auf die Ausfahrt zurollten, war mir klar, daß ich hier wohl kaum ein Wochenende zubringen würde. Mein Vorhaben, von den Firmenquartieren aus am Wochenende München kennenzulernen, schien mir jetzt naiv und lächerlich.
Obwohl ich mir vorgenommen hatte, ihn nicht mit allzu vielen Fragen zu bestürmen, fing ich nun doch an, mit meinem Bruder über die Veränderbarkeit von Zuständen zu reden. Ich merkte aber bald, daß ihn meine Ansichten nicht interessierten. Der Einfachheit halber gab er mir in allem, was ich vorbrachte, recht. Er reagierte höchstens mit dem Satz, daß irgend jemand ja arbeiten müsse. Ich ließ schließlich von dem Gespräch ab, als Hermann sagte, er könne nur arbeiten, solange er nicht über alles nachdenke. Dieser Satz war deutlich genug. Und diesen Satz wurde ich nicht wieder los. Das Ergebnis vom Gegenteil war nämlich ich selbst. Hätte ich nicht nachgedacht, wäre ich Arbeiter geblieben. Hätte ich nicht nachgedacht, wäre ich Akademiker geworden. Wahrscheinlich hatte ich schon seit Jah-

ren keinen so deutlichen Satz mehr gehört. Er gefiel mir. Er fing sogar an, mich zu faszinieren, denn er schloß die Arbeiter nicht vom Denken aus. Der Satz meines Bruders sagte ja nicht, daß ihm die Fähigkeit zum Nachdenken fehle. Die Sätze, die ich von früher in Erinnerung hatte, lauteten anders. Damals hörte ich oft, daß wir ganz einfach dumm seien.
Das fiel mir jetzt ein, je mehr wir uns der Gegend näherten, aus der ich ausgezogen war. Unsere Fahrt führte von München über Rosenheim in Richtung Kufstein auf das Kaisergebirge zu und weiter in Richtung St. Johann und Kitzbühel, vorbei an von hohen Schneewächten umgebenen Häusern und ausgeschaufelten Zufahrtswegen in Richtung Paß Thurn. Die Fahrzeit betrug je nach Witterung und Straßenzustand zwischen etwas über zwei und vier Stunden. Mein Bruder war diese Strecke im Firmenkombi, der den Arbeitern am Wochenende samt Treibstoff zur Verfügung stand und in meinem Falle auch zum Übersiedeln benutzt werden durfte, schon so oft gefahren, daß ihm jede Kurve vertraut war. Wir hatten vielleicht noch zehn Kilometer auf einer Schnellstraße zu fahren, als vor uns, aus einem Feldweg kommend, ein Traktor am rechten Straßenrand auftauchte und, ohne anzuhalten, auf die Fahrbahn rollte. Wir hatten Glück. Wir kamen gerade noch am Vorderteil des Traktors vorbei und stießen auch mit dem entgegenkommenden Auto nicht zusammen. Es war dann aber nicht so, daß

mein Bruder sich nach überstandenem Brems- und Schleudermanöver eine Gedenkminute – wonach mir jedenfalls zumute war – gönnte, es schien vielmehr, als hätte sich der Schrecken blitzartig in Jähzorn verwandelt, denn er wollte noch in derselben Sekunde, als er den Wagen zum Stehen brachte, wenden und den Fahrer vom Traktor holen und ihn verprügeln.

Die Ankunft in dem kleinen, an einer Weggabelung gelegenen Haus verlief ziemlich nüchtern. In irgendeiner Schublade hier mußte der mehrere Seiten lange Brief liegen, in dem ich mich vor einigen Jahren von der gesamten Familie losgesagt hatte. Ich hatte verkündet, daß ich nun alles hinter mir lassen und mich nur noch der Revolution widmen würde. Dieser Brief allein war für die anderen Grund genug, um nicht irgendwelche Vertrautheiten aufkommen zu lassen. Das Überraschende war jedoch, daß ich nun selber eine Weile umherging, die Augen rollte, nickte und nur hin und wieder einen Laut der Verwunderung von mir gab. Es war nämlich längst nicht mehr das Haus, das ich einmal verlassen hatte. Außer den Wänden und Raumausmaßen schien alles erneuert und umgestaltet zu sein. Unverändert geblieben waren eigentlich nur einige Winkel, die sich der Hausherr offensichtlich nicht hatte nehmen lassen. Seine Arbeitshosen, die verschiedenen Jacken, die er je nach Witterung auswählte, bevor er aus dem Haus ging, die Regenmäntel und Lodenkleider, sein Sortiment an Schuhen und Stiefeln, die übereinandergestapelten Schildkappen, all das befand sich schon seit langem zuunterst des Stiegenaufgangs und blähte sich mit jedem Jahr weiter von der Wand. Auch die von mehreren Decken verhüllte Couch hinterm Küchentisch, auf der vom Fußende angefangen die Wand entlang bestickte Kissen lagen, die sich am Kopfende mehrere Schichten hoch die Wand hinaufschmiegten, sah wie immer aus. In erreichbarer Höhe darüber stand ein großes Radio auf einem Holzgestell, in dessen Fächern sich Bleistifte, Kugelschreiber, Rätselhefte und eine Menge Medikamente angesammelt hatten. Darunter und daneben hingen Abzeichen und Urkunden, die an Schilaufwettbewerbe erinnerten.

Alles übrige war neu und ohne Geschichte.

Außer Kühlschrank, Gefriertruhe, kombiniertem Gas- und Elektroherd und anderen Haushaltsgeräten gab es jetzt natürlich ein Telefon, ein Farbfernsehgerät und ein dafür eingerichtetes Stübchen. Auch eine Garage und mehrere Autos wurden mir mit Genugtuung gezeigt. Alles Dinge, für die ich keinen Finger gerührt hatte. Aber sie waren nun einmal da, ob es mir paßte oder nicht.

Freilich wußten auch sie nichts mit mir anzufangen. Was mein Aussehen und auch mein Verhalten anging, erinnerte so gut wie nichts an die

Zeit, die ich früher einmal in diesem Haus verbracht hatte. Wie ich redete und dachte, ließ sich nicht mehr mit dem einst braven und tüchtigen Arbeiter in Verbindung bringen. Viel näher lag es, mich für einen grundlos unzufriedenen Studenten oder sonst einen Unruhestifter zu halten.

Eine unberechenbare Existenz jedenfalls.

Etwas habe kommen müssen, entweder der Kommunismus oder Hitler, fing G. Lambrecht in seiner Funktion als Familienoberhaupt schließlich an, richtete sich von der Couch auf und holte sich aus dem Fernsehstübchen ein halbes Glas Rotwein. Er war klein und mager und hatte ein schmales, eingefallenes Gesicht – offensichtlich hatte er sich von seinem letzten Krankenhausaufenthalt noch nicht wieder erholt. Es kam nur selten vor, daß er sich der Familie zuwendete. Ganz selten, daß er sich von seinem Platz erhob und mit uns redete. Die Geschichten, die er zu erzählen wußte, schienen längst so weit aus der Zeit zu sein, daß es eines besonderen Anlasses bedurfte, sie wieder hervorzuholen. Sie handelten von Kinderarbeit, Bauern, Landarbeitern, geschundenen Pferden und Arbeitslosigkeit. In einer Geschichte ging es um ein Paar Schuhe, für die er ein ganzes Jahr lang gearbeitet und gespart hatte. Voller Stolz habe er sie vom Schuster geholt und mit auf die Alm genommen und dort versteckt. Und als er einige Wochen später von der Hochalm heruntergekommen sei, habe er sie zum ersten Mal

anziehen wollen. Statt dessen habe er die Entdeckung gemacht, daß sie jemand gestohlen hatte. Er sprach auch davon, wie er mit sechs Jahren von einer Pflegefrau zu einem Bauern gegeben worden war. Arbeit, Arbeit und wieder Arbeit. Keine Geschichte ohne Arbeit. Viel Arbeit und trotzdem kein Geld dafür, höchstens ein paar lumpige Kleider. In einer von seinen wenigen Freizeitgeschichten erzählte er von einem Bierfaß, das sie einem Wirt gestohlen hatten, um ein kleines Fest zu veranstalten. Allein für die Beteiligung an diesem Bierfaßdiebstahl sei er vom Gericht zu sechs Monaten bedingten Arrest verurteilt worden, den er später wegen einer anderen Beteiligung habe absitzen müssen.
Im Laufe des Abends ergab es sich zum ersten Mal, daß er von seinen politischen Aktivitäten sprach. Eines Sommers hätten sie sich nach einem anstrengenden Arbeitstag spät in der Nacht aus dem Haus geschlichen und heimlich in einer Au getroffen, hätten sich Stricke, Leitern und Kübel besorgt und sich durch Wald und Gebüsch zu einem Felsen hinaufgepirscht und ein riesiges Hakenkreuz auf den Felsen gemalt. Für diese Geschichte wurde er bald darauf verhaftet und später mit Geld und einer Auszeichnung belohnt und noch später wieder bestraft, indem er auf Raten Rückzahlungen zu leisten hatte, auf die rechtlich kein Anspruch bestehen und deren Eintreibung nur durch irgendwelche administrativen Willkürakte zustande gekommen sein

konnte. Er sprach von eingeschriebenen Briefen, die er in diesem Zusammenhang bis in die fünfziger Jahre hinein erhalten habe. Auch auf die Leute aus seiner Umgebung kam er zu sprechen. Er zählte die Namen einiger Bauern auf, die sich besonders eifrig für den Führer eingesetzt und sich innerhalb weniger Tage in Widerstandskämpfer verwandelt hatten. Er und ein anderer Landarbeiter – von dem er als von einem herzensguten und stets betrogenen Menschen sprach – hätten mit diesen Bauern eine Woche lang an einem Güterwegbau gearbeitet und von Wasser und Kartoffeln gelebt und zusehen müssen, wie die Bauern Brot, Speck, Obst und Käse und Thermosflaschen aus den Rucksäcken holten.

Jede seiner Geschichten schloß er mit einer weit ausholenden Handbewegung der Vergeblichkeit ab. Manchmal erhob er sich, nahm das vor ihm stehende Glas, ging in das Stübchen, holte aus einer mit einem Vorhang verhüllten Nische eine Flasche hervor und füllte das Glas bis zu einem Drittel mit Rotwein, von dem er in kleinen Schlucken trank.

Der Tag darauf fing früh an. Da wir mindestens eine Viertelstunde vor sieben bei der Firma sein mußten, hieß es um drei Uhr aufstehen und so schnell wie möglich das Haus verlassen und zu einem anderen Haus und von dort zu einer Bushaltestelle und dann noch einmal zu einem Haus fahren, sodaß wir schließlich zu fünft im Auto saßen. Es war noch dunkel, als wir nach mehr als drei Stunden Fahrt ausstiegen und zu den verschiedenen Baracken eilten, während andere bereits aus den Quartieren kamen und auf die große Halle zugingen, aus der ein ungeheurer Lärm dröhnte. Davon vibrierten selbst in der fast zweihundert Meter entfernten Baracke, in der ich untergebracht war, noch die Fensterscheiben. Meine Sinne und meine Wahrnehmungen waren nicht die eines Arbeiters. Ich spürte deutlich, daß sich etwas in mir sträubte, nun einfach an allen Eindrücken vorbeizuhetzen. Es kam mir gar nicht wirklich, sondern absurd vor.

Ich stand immer noch wie gebannt in der kleinen Koje und bestaunte die Mauer, die Stacheldrähte und die riesigen Sandberge, die weiter hinten durch die Oberlichte auf der Rückseite der Baracke zu sehen waren. Ich wartete eine Weile mit dem Umziehen und sah mir noch einmal die aus dünnen gehobelten Brettern bestehenden Wände an, roch an den blau-weiß karierten Leintüchern und den schon ziemlich abgenützten Bettdecken und machte mich mit der Funktion eines mit Sparstrom betriebenen Metallofens vertraut. Es gab keinen Grund zur Eile. Keinen Grund, mich Hals über Kopf den anderen gleich in die Arbeit zu stürzen. Ich hatte nämlich noch keine Karte für die Stechuhr und existierte somit noch gar nicht als Arbeitskraft. Und es sah auch nicht danach aus, als würde ich gleich gebraucht. Über eine Stunde brachte ich allein damit zu, um den Vorarbeiter zu finden, dem ich unterstellt war. Dieser, ein schlanker, freundlicher, noch nicht vierzig Jahre alter Mann, führte von seinem Büro aus noch einige Telefonate, bevor er sagte, er werde im Laufe des Vormittags in die Werkstatt kommen und mir erklären, was es an Arbeit gebe. Eine weitere Stunde verbrachte ich im Magazin, trank Bier, ging zwischen den Regalen umher und wartete, bis ich mit einem Werkzeugkasten, Lederhandschuhen, einem gelben Plastikhelm, Schutzbrillen und Schuhen mit eingezogener Stahlkappe versorgt war. Danach hatte ich mehr als genügend Zeit, die ausgefaßten Sachen in einer großen versperrbaren Schublade zu verstauen und mich in der Werkstatt umzusehen. Dort bebte jeder Gegenstand, sobald nebenan in den langen und hohen Betonierhallen die Rüttler eingeschaltet wurden. Es waren dies kleine, Elektromotoren ähnliche Maschinen, die jeden Schrei, jede Stimme, jedes Geräusch und jeden anderen Maschinenlärm überdröhnten und Verständigungen unmöglich machten. Ich hatte natürlich keine Ahnung, wie dieses Gedröhne zustande kam. Genausowenig wußte ich, wer all die Leute waren, die bald durch eine kleinere, zu den Betonierhallen führende Tür in die Werkstatt gerannt kamen und mit Stefan über irgendwelche Aufträge sprachen und sich bei ihm nach zwei anderen Arbeitern, einem Karl Schärdinger und einem Huber, erkundigten, die anscheinend weggeblieben waren. Stefan war jedenfalls der einzige anwesende Arbeiter in der Schlosserei und war deshalb auch so beschäftigt, daß für Erklärungen keine Zeit blieb. Es war auch zu anstrengend. Selbst wenn die Betonrüttler, die von den verschiedenen Partien nach Bedarf in Betrieb gesetzt wurden, tatsächlich einmal alle für kurze Zeit verstummten, surrte, pfiff, winselte, quietschte und hämmerte es immer noch rundherum. Ich wartete und wartete, sah durch ein verstaubtes Fenster den Eisenbiegern zu, ging an der Schreinerei, den Magazinen, einer Elektrowerkstatt und einigen verschlossenen Türen vorbei zu den Bürogebäuden hinunter, neben denen Toiletten, Waschräume und ein Aufenthaltsraum lagen, sah mich dort um und ging durch die Betonierhallen zurück und wartete wieder und unternahm schließlich noch einen Rundgang zum hinteren Betriebsgelände, wo Schwimmbecken, Stiegen, Wände und andere Fertigbauteile gelagert waren.

Das Unternehmen war längst zu groß und zu unübersichtlich. Ununterbrochen wurde nach irgendwelchen Vorarbeitern und Partieführern gesucht. Ununterbrochen liefen zwischen den verschiedenen Hallen und Werkstätten Zeichner und Ingenieure in weißen Mänteln hin und her und brachten oder holten Pläne. In den Betonierhal-

len herrschte ein Tempo, daß ich jedesmal erschrak. In diesen von Gedröhne, Staub und Dampf erfüllten Hallen stand keiner auch nur eine halbe Minute untätig herum. Hier zerreckten sie sich fast und trieben sich gegenseitig noch an, während andere nur irgendwo lehnten oder auf dem Betriebsgelände umhergingen. Ich hätte mich in der Umgebung in ein Wirtshaus setzen und am Abend zurückkommen können, es wäre niemandem aufgefallen. Und es war auch gleichgültig, womit ich mir die Zeit vertrieb. Der Vorarbeiter war nie da. Er kam höchstens für ein paar Minuten und verschwand wieder. Ich gab es bald auf, ihn um Arbeit anzugehen. Ob ich mir durch Herumstehen oder Arbeit die Zeit vertrieb, war ihm gleichgültig. Ich fing dann einfach an, mich selber irgendwie zu beschäftigen, ich suchte nach verbogenen Brechstangen, stumpfen Meißeln und falsch geschliffenen Bohrern.
Es war inzwischen auch Huber da, ein gesprächiger Mensch, der über alles genau Bescheid wußte, den nichts überraschen konnte, weil sich der Chef angeblich keine Gelegenheit entgehen ließ, um mit ihm persönlich zu sprechen, und ihn über jede eventuelle Änderung auf dem laufenden hielt. Außer Huber und Stefan und mir war noch ein anderer da, der anscheinend nach Belieben kam und ging und von dem es hieß, daß er als beratender Meister fungiere.
Bis spät in den Abend hinein lärmte es aus den Betonierhallen, aber ich sah und hörte nichts.

Arme und Beine von mir gestreckt, lag ich auf dem Bett und schlief und wachte erst irgendwann in der Nacht auf. Es dauerte einige Tage, bis ich mich von diesem plötzlichen Erschöpfungszustand zu erholen anfing. Einige Tage, bis ich mir die Koje einigermaßen wohnlich einrichtete. Ich räumte die Kleider in den Schrank und stellte das Regal überm Bett mit Büchern voll, die zu lesen ich mir vorgenommen hatte. Ich legte Papier, Zeitschriften, Hefte und Schreibzeug auf den Tisch und schob alles, was ich nicht unbedingt in griffbereiter Nähe haben mußte, weit unters Bett. Zwischendurch lernte ich Werner Strauch kennen, der nebenan in einer Gemeinschaftskoje untergebracht war. Er bediente einen Kran und war den ganzen Tag dem Gedröhne in den Betonierhallen ausgesetzt. Er gehörte einer von den Akkordpartien an und kam kaum einen Abend vor sieben in die Baracke. Nach einem kurzen, nicht einmal zehn Minuten dauernden Gespräch bot er mir bereits seinen vor der Baracke abgestellten Wagen an, damit ich zu dem nicht ganz zwei Kilometer entfernten Supermarkt fahren konnte. Da gab es kein langes Abtasten, kein langes Probieren. Ich war sofort aufgenommen. Und es kam mir bald auch nicht mehr sonderbar vor, daß ich in einer Baracke untergebracht war, in der es kein Waschbecken und kein Wasser gab. Es fing sogar an, mir zu gefallen. Ich war mehr als überrascht, als ich merkte, daß Werner Strauch nicht einfach an irgendwelchen Unterhaltungen interessiert war, sondern mir Fragen stellte, die ich nicht sofort beantworten konnte. Es waren Fragen, aus denen nicht gleich hervorging, worauf er hinauswollte. Und dann war da auch noch Schärdinger, von dem ich wußte, daß er mit Werner Strauch in derselben Koje hauste. Auch er fing an, mich zu interessieren.

Immer wieder wurde in der Baracke und im Aufenthaltsraum nach ihm gefragt, und plötzlich hieß es, er sei da, man habe ihn gesehen. Es dauerte dann aber jedesmal mindestens eine Stunde, bis endlich die Tür aufging und Schärdinger in die Schlosserei kam, in der seine verspätete Ankunft sowohl bei Huber als auch bei Stefan kein sonderliches Aufsehen erregte. Stefan schmunzelte, und Huber hob zum Gruß die Hand. Schärdinger selber grüßte ebenfalls nur flüchtig. Er ging gleich, nachdem er die Tür hinter sich zugezogen hatte, zur Werkbank, holte einen Schlüsselbund aus der Hosentasche und machte sich daran, ein Vorhängeschloß aufzusperren. Er zog eine schwere, mit Werkzeug vollgeräumte Schublade hervor, nahm eine Skizze und ein längliches, in Lappen eingeschlagenes Bündel heraus, schob mit dem Knie die Schublade zu und ging. Bald darauf kam er mit einer Flasche Bier unterm Arm zurück.
Ich ging zu ihm hin und stellte mich als Kojennachbar und Hermanns Bruder vor, worauf er mich immerhin freundlich ansah. Geradezu fröh-

lich wurde er deshalb noch nicht. Mit mir zu reden fing er eigentlich erst an, als wir am Abend zusammen auf einem Weg, der an einem zugeschneiten Acker entlangführt, zu unserer Baracke zurückgingen. Es schien, als sei ihm plötzlich wieder in den Sinn gekommen, daß ich ja Hermanns Bruder sei. Es klang jedenfalls ziemlich abwesend, als er sagte, er habe gar nicht gewußt, daß Hermann einen Bruder habe.
Was ihn beschäftigte, erfuhren wir nur zögernd. Es waren gleich mehrere Geschichten, die Werner Strauch im Laufe des Abends aus ihm herauslockte. Sie handelten von seiner vortägigen Autofahrt, die von Raststätte zu Raststätte immer abenteuerlicher verlaufen sein mußte und nach einer Anzeige zu Alkoholtest, sofortigem Führerscheinentzug und anschließender Blutentnahme geführt hatte. Dazu kam noch, daß bei dem Wagen, in dem Karl Schärdinger fuhr, als er von der Polizei aufgehalten wurde, sowohl Bremsen als auch Lenkung nicht mehr gut funktionierten. Das war aber noch nicht alles. Das war noch nicht alles, was Karl Schärdinger ausmachte. Es waren nur die Geschichten von seiner verspäteten Ankunft, die ihm bis in die Nacht zu schaffen machte. Es dauerte etliche Stunden, bis er alle Stücke beisammen hatte und nach den Konsequenzen zu fragen anfing.

Er war schon auf, schon lange angezogen, als ich in der Früh zu ihm in die Koje trat, um mir aus dem Gemeinschaftskühlschrank Milch, Butter und Marmelade zu holen. Er saß schon, über einen aufgeschlagenen Kalender gebeugt, am Tisch, hantierte mit einem Lineal und zog Striche und schrieb Zahlen dazu und trank zwischendurch aus einer großen Schale dunklen Kaffee. Aus den Betonierhallen lärmten und dröhnten schon die Rüttler. Obwohl mir seine und Strauchs Koje, durch deren Fenster man zum Weg hinaus und über einen Acker und dahinter den Beginn eines Fichtenwalds sehen konnte, vertrauter war als meine, kam ich mir plötzlich als Eindringling vor. Obwohl ich mir schon vor Schärdingers Ankunft an dem am Fenster stehenden Tisch ganz rasch einen Platz ersessen hatte, spürte ich jetzt deutlich, daß ich mich in Schärdingers Anwesenheit nicht einfach an den Tisch setzen konnte. Ohne Werner Strauch, der aber bereits in den Betonierhallen war, konnte ich nicht einfach in der Koje bleiben und mich an den Tisch setzen. Schärdinger duldete es sicher nur, daß ich plötzlich zu ihm in die Koje kam. Er sagte nichts. Er tat, als wäre es ganz normal, daß plötzlich jemand hereinkommt, den Kühlschrank aufmacht und mit Butter, Milch und Marmelade hinausgeht. Er ließ es ganz einfach geschehen, daß ich kam und ging. Mit dem Rücken zur Tür hockend, versuchte er, sich an mein Ausundeingehen zu gewöhnen.

Er sah ziemlich mitgenommen aus. Wahrscheinlich war ihm seine Geschichte während der Nacht erst ganz bewußt geworden. Ich fragte ihn nicht danach. Ich wollte ihn nicht unnütz an die zu erwartenden Folgen seiner abenteuerlichen Autofahrt erinnern. Ich ging neben ihm und hinter anderen Arbeitern her auf die große, alle Magazine, Hallen und Werkstätten umfassende Betriebshalle zu. Es staubte, lärmte, knirschte, quietschte und bebte, aber ich ließ mich deshalb nicht gleich einschüchtern. Im Gegenteil, es bereitete mir sogar ein wenig Spaß, meiner mir anerzogenen Sensibilität und der damit verbundenen Bequemlichkeit eins auszuwischen, mein an wohlformulierte Reden gewöhntes Gehör zu betäuben und meinen Augen, die längst gegen meinen Willen den Anblick schöner Dinge bevorzugten, weniger schmackhafte Nahrung zuzumuten.

Natürlich war das mühsam.

Natürlich spürte ich, wie sich Finger und Hände sträubten. Natürlich kostete es mich einige Überwindung, mich plötzlich wieder zu bücken, mich zu erniedrigen, um mit bloßen Fingern irgendeinen lächerlichen Gegenstand vom Boden aufzuheben. Ein vergessenes, verdrängtes Handwerk läßt sich nicht einfach wieder aus dem Ärmel schütteln. Ich war natürlich längst zu erhaben, um mich von Schärdinger kommandieren zu lassen. Das ging natürlich nicht. Wenn du schon auf Universitätsprofessoren pfeifst, kannst du dich nicht plötzlich von Schärdinger unterweisen lassen. Es schmeckte mir nicht, daß Schärdinger sich gleich in der Früh meiner annahm. Alle übrigen machten einen Bogen um mich, nur er nicht. Karl Schärdinger hatte gleich Verwendung für mich. Das war mir freilich etwas zu plötzlich. Es war noch nicht einmal eine Woche her, da hatte ich noch Reden geschwungen und von der Arbeiterklasse wie von einem Werkzeug gesprochen. Und nun stand ich da, keuchte, schwitzte und spürte mich sinken, fallen und stürzen. Ganz tief, bis in die Schuhe hinein stürzte ich, abgrundtief auf die Schuhsohlen und mitsamt den Schuhsohlen auf den Boden.

Ich wäre gern noch tiefer gestürzt, aber der Boden unter den Schuhsohlen gab nicht nach. Deutlich spürte ich, daß es nach dem Aufprall kein Sinken mehr gab.

Das war es. Boden unter den Schuhsohlen. Das leuchtete mir ein. Kein Sinken. Nichts gab nach. Zu gern hätte ich eine lange Geschichte um meinen abgrundtiefen Sturz gemacht, aber dazu war keine Zeit. Mit weit auseinandergestellten Beinen stand Schärdinger da und kommandierte. Ich keuchte und schwitzte. Ich wollte ihn nicht allzu sehr enttäuschen. Meine Arme waren ungelenk und schwach. Ich hätte natürlich lieber noch eine Weile von irgendwelchen Ecken aus zugesehen und mich langsam an die Arbeit herangepirscht, als plötzlich mit einem schweren Hammer in den Händen vor dem Amboß zu stehen. Ich strengte mich an, hüpfte und tanzte und wurde kleiner und kleiner. Ich empfand keine Angst. Ich sank gern in mich zusammen. Es schloß mir den Mund und öffnete mir die Augen.

Teiche, Tod und Untergang waren auf einmal weg. Ich sah sie nicht mehr. Ich war sie los. Eine elende, trostlose Stätte. Es pfauchte, zischte, dampfte, quietschte und dröhnte, aber ich kam endlich wieder auf die Beine. Mit weit geöffneten Augen ging ich auf dieser stinkenden, trostlosen, elenden Stätte umher und suchte nach Menschen. Ganz plötzlich war mir eingefallen, daß ich ja doch irgendwohin gehöre. Darüber sprach ich natürlich nicht, und ich fiel auch nicht vor den Arbeitern auf die Knie. Meine Sympathie für sie behielt ich für mich. Ich unternahm nichts, um ihnen den Umgang mit mir zu erleichtern. Ich heuchelte ihnen nichts vor und biederte mich auch in keiner Weise an. Ich ging mit ihnen über den zwischen den Bürogebäuden und der Betriebshalle liegenden Platz auf den Eingang zu, griff nach meiner Karte und schob sie durch einen Schlitz in die Stechuhr und ging wie sie dem Gedröhne entgegen. Ich benahm mich nicht anders als sie und gab auch keine Weisheiten von mir. Ich nahm einfach ihre Bedingungen an und wollte herausfinden, wer sie sind und wie sich unser Zusammenleben entwickeln würde. Ich erklärte nichts. Ich tat nichts. Keine Kunststücke. Ich war einfach da und ging unter ihnen umher, als wäre ich schon immer dagewesen.

Kühl, mißtrauisch und geringschätzig waren ihre Blicke. Durch die vordere und die hintere Tür kamen sie in die Werkstatt geschritten, brachten mit knappen Worten und flüchtigen Gesten ihre Anliegen zum Ausdruck und gingen. Sie sprachen mit Huber, Stefan, Schärdinger und dem stets nur irgendwo herumstehenden beratenden Meister, aber nicht mit mir. Ich existierte nicht. Mich gab es nicht. Auch in den ganz seltenen Momenten, wenn außer mir niemand in der Werkstatt war, existierte ich nicht. Mit mir sprachen sie nicht. Es kümmerte sie nicht, womit ich mir die Zeit vertrieb. Sie sprachen auch untereinander nicht viel. Ein ziemlicher Teil war unzugänglich, unansprechbar, ließ sich auf nichts ein. Angetrieben von Gier und gegenseitiger Mißachtung schritten sie aneinander vorbei, hetzten sich ab und machten schon lange einen Bogen um sich selber. Dieses stumpfsinnige Gehabe gefiel mir freilich nicht. Es war ohne Verstand und ohne Ausweg.

Ich arbeitete gern mit Schärdinger. Er gefiel mir.
Es war kein Zufall, daß er keinen langen Bogen um mich machte. Er gehörte nicht zu den Tüchtigen. Er ließ sich von dem Gehetze nicht mitreißen. Karl Schärdinger schritt nicht. Karl Schärdinger wandelte.
Er hatte nicht mehr viel zu verlieren. Seine ganze Habe, über die er noch selbständig verfügen

konnte, beschränkte sich auf das Geld, das er sich an manchen Abenden durch irgendwelche Arbeiten verdiente. Das Unternehmen, das er einmal geführt hatte, spukte zwar noch in seinem Kopf herum, aber es gehörte längst den Gläubigern. Ihm gehörte nichts. Er bekam die Post nicht einmal mehr durch den Briefträger zugestellt, sondern durch einen Anwalt ausgehändigt. Seine Existenz war eingeschränkter als die eines Arbeiters. Er wußte wahrscheinlich, daß viele über ihn lächelten. Es blieb ihm nichts anderes übrig, als sich damit abzufinden. Sein Niedergang war auch nicht ohne Komik. Als Meister und ehemaliger freier Unternehmer plötzlich wieder auf Arbeitssuche zu gehen, ist schließlich nicht angenehm. Aber ein gewöhnlicher Abstieg war Schärdinger nicht gegönnt. Er mußte ausgerechnet in der Firma landen, die auch Huber beschäftigte, der sich noch gut daran erinnerte, daß Karl Schärdinger einmal sein Lehrmeister gewesen war. Huber ließ ihn gelegentlich spüren, daß er drei Jahre lang zu ihm hatte aufsehen müssen. Schärdinger war dagegen wehrlos. Er mußte sich gefallen lassen, daß Huber ihn wie einen Untergebenen behandelte. Es kränkte ihn, aber es ließ sich nicht mehr umkehren. Huber, den wegen seiner Geschwätzigkeit niemand besonders leiden konnte, war jetzt im Vorteil.

Schärdinger hatte stets irgendwelche Skizzen in der Tasche, nach denen er Werkstücke anfertigte, von deren Existenz die Firmenleitung nichts wissen durfte. Seine Gebärden, sein Auftreten waren die eines Selbständigen. Es fiel mir besonders auf, wenn ich in der Früh in die Werkstatt kam. Er hatte sofort ein Programm, egal ob es nun für ihn selbst oder für die Firma war. Es waren Tagesanfänge, die noch aus seiner Unternehmerzeit stammten. Tagesanfänge eines Meisters, der sich nach Belieben zurückziehen kann. Dieser morgendliche Eifer hielt auch nicht lange an, und es schien ihm in den Sinn zu kommen, daß er ja nun für ein fremdes Unternehmen arbeitete.

Am Freitag vormittag lud mich mein Bruder im Magazin auf einen Schnaps ein und erinnerte mich daran, daß im Firmenkombi nach wie vor ein Platz frei sei, den mir aber, falls ich ihn nicht nehme, ein anderer wegschnappen könnte. Und er wies mich auch noch einmal darauf hin, daß ich durch das Mitfahren Anspruch auf die Trennungszulage hätte. Was natürlich in weiterer Folge hieß, daß ich die Wochenenden bei der Familie zubringen würde. Dagegen sträubte ich mich. Fürs erste lag mir noch die Geschichte mit dem Hakenkreuzmalen im Magen, von der ich bis vor einer Woche nichts gewußt und die ich lieber nie gehört hätte. Diese Geschichte war mir im höchsten Maße widerlich. Hatte ich mir doch von politisch kämpfenden Studenten immer wieder

erklären lassen müssen, daß Arbeiter zu erschöpft seien, um sich für etwas anderes als ihre lebensnotwendigsten Bedürfnisse zu interessieren. Und dann höre ich plötzlich, daß es welche gab, die nach fünfzehn Stunden schwerer Feldarbeit heimlich in der Nacht groß einen Felsen bepinseln; natürlich im Glauben, damit ihre elende Lage zu verbessern. Soweit vermochte ich durchaus zu folgen. Aber was mich betrübt stimmte, war, daß auf einmal unser Aufwachsen und unsere stets auf geduldiges Hinnehmen und sich ja keinen eigenen Gedanken Erlauben ausgerichtete Erziehung in einem völlig anderen Licht erschienen.
Bisher hatte ich unsere Geschicke immer nur im Zusammenhang mit materieller Not gesehen, deretwegen ich mir lange minderwertig vorgekommen war, die mich immer weiter von der Familie weggetrieben und aus mir einen Streber gemacht hatte, mit dem Ziel, mich so zu verändern, daß kein Mensch mehr auf die Idee kommen sollte, mich nach meiner Herkunft zu befragen. Das war mir auch für eine Weile gelungen. Und jetzt, als ich den Streber als ein abscheuliches Produkt ansah und ihn mit aller Gewalt wieder abstreifen wollte, sah ich plötzlich, daß es eben nicht nur die materielle Not gewesen war, die uns ein mit hunderterlei Krankheiten behaftetes, verbittertes und mit kleinlichen, lächerlichen Befehlen oder abendelangem Schweigen tyrannisierendes Familienoberhaupt beschert hatte, das

nie mehr ein Wort über Politik verlor und allen neu entstehenden Ungerechtigkeiten mit geschlossenen Lippen zuschaute. Nein, an all dem war auch nicht unwesentlich das Hakenkreuz beteiligt gewesen. Freilich gab es noch einen anderen Grund, warum ich zauderte und zu meinem Bruder sagte, ich würde es mir überlegen. Ich war ganz einfach zu stolz und mit meinen Gedanken viel zu weit weg, um mich widerspruchslos in eine Wohlstandszufriedenheit zu fügen.
Aber als zu Mittag alle rannten, um so rasch wie möglich wegzukommen, und binnen kürzester Zeit Baracken und Plätze leer wurden und eine ungeheure Trostlosigkeit zurückblieb, gab ich mir einen Ruck und lief ebenfalls. Ich mußte mich beeilen. Duschen, mich umkleiden und packen. Es tat mir leid für Werner Strauch, der allein in der Baracke blieb. Er fragte, ob ich ihm eines meiner Bücher leihen würde. Ich überflog die ohnehin bescheidene Auswahl und überreichte ihm auf gut Glück ein schmales Bändchen, von dem ich annahm, daß es ihm vielleicht gefallen könnte. Und dann rasch zwischen zwei älteren Arbeitern auf den Rücksitz ins Auto, was einem meiner Nachbarn ziemlich mißfiel, obwohl ich schon am Montag in der Früh neben ihm gesessen war. Er rückte nur widerwillig ein wenig zur Seite und redete an mir vorbei über die Rückenlehne hinweg abwechselnd auf die zwei vorderen Insassen ein, von denen einer mein Bruder und der andere, der bis zur Grenze den

Wagen lenkte, ein mir aus der Betonierhalle flüchtig bekannter, nicht ganz dreißig Jahre alter Akkordarbeiter war. Es ging ihm um irgendwelche Akkordsätze, die mit der Geschäftsführung neu ausgehandelt werden sollten, aber sein Reden fand kein Echo. Die beiden Angesprochenen nickten nur hin und wieder, und mein anderer Nachbar schaute zum Fenster hinaus und sagte einmal, als wir an einem riesigen Hochhauskomplex vorbeifuhren, daß diese Kästen im nächsten Krieg niederbombardiert würden, und bald darauf sank er in sich zusammen und schlief.

Gefahren wurde schnell. Seit fünf Jahren rasten sie am Freitag auf der Autobahn dem Gebirge entgegen und fanden nichts Ungewöhnliches dabei. Sie kannten sich natürlich längst bis zum Überdruß, denn sie hausten auch in derselben Baracke, drei von ihnen sogar in derselben Koje, darunter mein Bruder, der sich bis zur Grenze die Zeit mit Zeitunglesen vertrieb. Zu meinem Erschrecken hielt er jenes großformatige Blatt in den Händen, gegen das die Studenten lange vergeblich gekämpft hatten. Nie wäre mir in den Sinn gekommen, daß ich ausgerechnet durch meinen Bruder mit dieser jedem denkenden Menschen verhaßten Zeitung konfrontiert werden sollte. Er hatte früher einmal durchaus anspruchsvolle Bücher gelesen.

Er sprach während der gesamten Fahrt kaum ein Wort.

Nur wenn mein gesprächiger Nachbar, er hieß Alfons Zaltik, ihn gelegentlich beim Namen anredete, sagte er rasch, daß er ganz seiner Ansicht sei. Gleichgültig, ob Zaltik davon sprach, daß die verschiedenen Partien gegeneinander ausgespielt würden, da unter den Partieführern kein Zusammenhalt sei, oder ob er von seiner Beteiligung an einem Kraftwerksbau in Tirol oder seinen noch weiter zurück liegenden Erlebnissen bei den Bauern erzählte. Zaltik war jedenfalls der einzige im Auto, der ein wenig für Unterhaltung sorgte, worüber ich tatsächlich froh war, auch wenn er mich offensichtlich nicht leiden mochte. Aber das würde sich bestimmt noch ändern, hoffte ich.

Mehr Kopfzerbrechen machte mir freilich meine Wiedereingliederung in die Familie, in deren Augen ich ja nun hilfsbedürftig geworden war. Ich hatte Angst vor Nörgeleien und möglichen Belehrungen und dummem Gerede. Aber als wir dann plötzlich vor dem Haus standen, stieg ich aus und sagte mir, du wirst schon nicht umkommen. Es schadet dir bestimmt nicht, wenn du die Dinge einmal aus einer anderen Sicht kennenlernst. Laß dich ganz einfach überraschen.
Ich machte mich gleich daran, meine Sachen aus dem Auto zu räumen. Es war nicht viel. Ich brauchte nur zweimal zu gehen, und schon hatte ich alle meine Besitztümer hinaufgeschafft in das Obergeschoß, in dem ich ein kleines, mit einem

Ölofen beheizbares Zimmer bezog. Ich sah mich um, aber ich entdeckte tatsächlich nichts, was mich an früher erinnerte. Es kam mir eher vor, als hätte ich irgendwo auf dem Land ein Fremdenzimmer betreten. Ein mit einer bestickten Decke verhüllter Tisch und daneben ein ebenfalls mit einer Stickerei bedecktes Nachtkästchen und darauf ein glitzernder Aschenbecher. Die Wände weiß und mit irgendeinem kaum wahrnehmbaren Muster versehen. Keines der Möbel wies irgendwelche Spuren auf. Auch von dem Lehrer, der mindestens zwei Jahre dieses Zimmer bewohnt hatte und meistens erst spät in der Nacht betrunken heimgekommen sein sollte, waren zu meiner Verwunderung keinerlei Lebenszeichen zurückgeblieben. Ich suchte auch nicht lange danach. Es fiel mir einfach nur auf, daß mich das Zimmer an nichts erinnerte. Vertraut waren mir lediglich die Sachen, die ich mitgebracht hatte. Einige Anzüge, die ich schon lange nicht mehr trug. Ein abgewetzter Pappkoffer mit Wäsche. Ein schon ziemlich abgetragener, langer, schwarzer Wintermantel. Ein Paar hohe Schnürschuhe. Ein alter Plattenspieler und gut ein Dutzend Schallplatten. Etliche Plastiksäcke voller Zeitschriften und Bücher, für deren Aufbewahrung weder ein Regal noch irgendein Gestell vorgesehen war, obwohl im Haus ja Bücher gelesen wurden. Aber bei der Umgestaltung der Zimmer gestand man ihnen offensichtlich noch keinen gesonderten Platz zu. Umso mehr bemühte ich mich nun, diesen farblosen und an kein Vorleben erinnern wollenden Fremdenzimmereindruck nach Möglichkeit in den Hintergrund zu drängen, indem ich sofort anfing, das ganze Zimmer mit Büchern auszulegen. Es waren dies ja alles Bücher, von denen ich vor meinem endgültigen Aufbruch jedes Exemplar noch einmal genau geprüft hatte, ob es mir auch tatsächlich soviel bedeute, um es mitzunehmen; Bücher jedenfalls, zu denen ich mir ein gutes Verhältnis bewahrt hatte. Darunter etliche, auf deren Lektüre ich schon sehr neugierig war.

Aber zunächst nahm ich mir nichts vor.

Auf keinen Fall hatte ich das Verlangen, mich nun gleich wieder in einem Zimmer zu verkriechen. Und schließlich war es ja auch so, daß ich einiges nachzuholen hatte und mir eingestehen mußte, daß ich mit meinen Erinnerungen ins Hintertreffen geraten war. Von einer Heimkehr konnte jedenfalls nicht die Rede sein. Weit eher schien es mir, als wäre ich auf einmal in der Möbelabteilung eines Versandhauses gelandet. Im Unterschied zu früher saß ich jetzt nicht mehr auf Holz, sondern auf einem Stuhlschoner aus klebrigem Plastik, und auch der Küchentisch, auf dem mir von der Mutter Kaffee serviert wurde, war mit mehreren Plastikhüllen verdeckt, die ich widerlich fand. Aber der Mutter waren diese Dinge offensichtlich ans Herz gewachsen. Sie erwartete natürlich, daß ich mich nach dem Verschwinden des einen oder anderen mir vertrauten Möbelstücks erkundigen oder mich vielleicht zum Farbfernseher äußern würde, aber ich schwieg. Ich hatte nicht die geringste Lust, mich über weißlackierte Kästen und was immer es an anderen Einrichtungsgegenständen gab, zu unterhalten. Ich wollte freilich auch nicht wahrhaben, daß die Versandhauskataloge, die ich schon als Kind gehaßt hatte, mich besiegt hatten. Für deren Lektüre wurden viele, viele Abende verwendet, und für deren Produkte wurde gespart und gespart, und jetzt war das ersehnte Glück endlich im Haus und das Elend von früher verdeckt.

Freilich nicht ganz, denn unser verbittertes Familienoberhaupt überschattete alle Bemühungen der Mutter. Er, der nur noch gelegentlich von seiner Couch aus Belehrungen erteilte, war nicht renovierbar und konnte nicht einfach aus dem Haus geräumt werden. Er paßte nicht zu diesen verzweifelten Erneuerungen, die meist ohne sein Wissen während seiner Krankenhausaufenthalte erledigt worden waren. Er blickte über alles hinweg und schaute an allen vorbei und konzentrierte sich lediglich auf das, was ihn interessierte. Und das war seine Medizin, seine Krankheit, seine hinter einem Vorhang versteckte Rotweinflasche, seine Rätselhefte und die kleine Tochter meiner Schwester Verena. Alle andern im Haus Lebenden waren für ihn gestorben. Völlig zwecklos versuchte ich an seine Erzählung der Vorwoche anzuknüpfen und mit ihm ins Gespräch zu

kommen, er erhob sich lediglich von seiner Couch und ließ auf der Schwelle zum Fernsehzimmer einen Furz und verschwand, wobei es aber nicht klar war, ob er damit nur mich allein meinte, denn es waren außer mir auch noch meine Schwester, die Mutter und mein Schwager im Zimmer. Ich fühlte mich jedenfalls nicht betroffen, vielmehr faszinierte mich sein Abgang. Das ist ja wie im Theater, dachte ich.
Natürlich gelang es mir nicht, die Dinge aus der Sicht der Familie zu betrachten. Ich konnte mit den Füßen auf den Boden kommen, Arme und Hände gelenkig machen, mir handwerkliche Fähigkeiten zurückerobern und den Zauderer abschütteln, aber nicht meinen Verstand. Der blieb hochmütig und verlangte nach anspruchsvoller Unterhaltung, an der es hier freilich mangelte. Weder gab es kritische Kinofilme zu sehen, noch existierten politisch engagierte Gruppen, noch wurden kulturelle Veranstaltungen abgehalten, die etwas frischen Wind in die Köpfe gebracht hätten. Nein, die einzige geistige Zerstreuung konzentrierte sich auf einen winzigen Kiosk, in dem ein stets nach Schnäpsen riechender Trafikant dank der vielen Touristen, die Sommer wie Winter da waren, eine beachtliche Menge an in- und ausländischen Zeitungen führte, zu meiner Verwunderung sogar etliche kommunistische. Ein neu errichtetes katholisches Bildungshaus, in dem außer ein wenig Gitarrenspielen nichts gemacht wurde, fiel mir auf; ein auf die Außen-

mauer gemalter Spruch ließ mich jedesmal, wenn ich an ihm vorüberging, zu ihm aufschauen:
Laßt den Geist nicht sterben! hieß es.
Dieser war, wie ich bald feststellen mußte, tatsächlich in keiner beneidenswerten Lage. Alle öffentlichen Anstrengungen galten dem Tourismus und dem Schmücken der Landschaft, deren Verkauf den Gemeinden viel Geld brachte.
Ich sah fast nur noch neue Häuser, die alle große, quadratische Fenster und massive Holzbalkone hatten und deren Obergeschosse ebenfalls mit Holz verkleidet waren.
Freilich kam ich mir ein wenig verloren vor. Ich hatte nicht mit soviel Wohlstand gerechnet. Ich mußte an die vielen vergeblichen Diskussionen denken, an denen ich mich als Student, im Glauben, mich für die Arbeiter einsetzen zu müssen, beteiligt hatte. Und hier mußte ich erfahren, daß manche von ihnen bereits zwei Häuser besaßen. Nun, ich hatte mich eben tüchtig geirrt. Ich hatte Jahre damit zugebracht, in den Arbeitern bemitleidenswerte Menschen zu sehen, während ich jetzt froh sein mußte, daß einige wenige von ihnen überhaupt mit mir redeten. Und das wahrscheinlich nur, weil mein Bruder und mein Schwager, die sich ein wenig meiner annahmen, beide Arbeiter waren. Sagen durfte ich freilich nicht viel. Aber das machte mir nichts aus.

Und weiter zu den Abenden an den Arbeitstagen!
Nachdem er den ganzen Tag dem Gedröhne in den Betonierhallen ausgesetzt gewesen war, sich gewaschen, umgekleidet und gegessen hatte, schlug Werner Strauch vor, zu einem nur einige Kilometer vom Barackenlager entfernten Wirtshaus zu fahren. Da der hinter mir liegende Tag bereits um drei Uhr in der Früh mit der langen Autofahrt angefangen hatte, fühlte ich mich müde und zögerte eine Weile, mich überhaupt vom Stuhl zu erheben. Ich war noch in Arbeitskleidung und auch noch nicht gewaschen. Wenig später ging ich aber doch auf dem an Baracken entlangführenden Weg zu den Bürogebäuden hinunter, neben denen sich die Waschräume befanden und in deren Nähe mein Bruder Hermann in einer Gemeinschaftskoje untergebracht war. Auch ihn hatte der lange Tag erschöpft. Auf der oberen Pritsche liegend, hörte er mir zu. Begeistert von der Idee schien er nicht zu sein. Als er jedoch merkte, daß ich nicht länger als einige Minuten unter der Tür stehen und über den Kopf eines am Tisch sitzenden Arbeiters hinweg mit ihm verhandeln wollte, raffte er sich schließlich auf und rief mir durch die bereits geschlossene Tür nach, er werde mitkommen.
Freilich erwartete ich mir von dem Wirtshausbesuch nicht viel. Aber es war verständlich, daß Werner Strauch wenigstens für einige Stunden von den Firmenquartieren wegkommen wollte.

Mehr als verständlich, daß es ihn nach überstandenem Wochenende nach Unterhaltung verlangte. Nicht nur das Betriebsgelände war ja von erschreckender Trostlosigkeit, auch die Umgebung war so, daß man am besten über alles hinweg schräg gegen den Himmel schaute oder überhaupt nur mit gesenktem Blick umherging.
Ich versprach mir nichts.
Es gab auch nichts.
Nichts außer Bierkrügen und feindselig dahockenden Männern. Der Raum groß. Das Mobiliar wuchtig. Die Bedienung schnell. Die Luft ein Gemisch von verqualmten Tabaken, Bierdunst und erhitztem Kochfett, dessen Geruch schon von weitem die Lebensmittelpolizei hätte anlocken müssen. Aus der Musikbox erklang die Stimme einer Frau, die irgendeinen Sonntag besang.

Werner Strauch war begeistert.
Er war so voller Begeisterung, daß ich bald aufhörte, mit Blicken umherzuwerfen.
Er überfiel mich geradezu mit Begeisterung.
Es sei das Beste, das er je in die Hand bekommen habe. Aufgeregt wie ein Kind redete er über die Tischplatte hinweg auf mich ein und erzählte, wie es ihm mit dem Buch ergangen war, das ich ihm am Freitag mittag auf den Tisch gelegt hatte.
Das war vielleicht ein Streich! Bringt mich zu einem Ort von kaum zu überbietender deutscher Einfallslosigkeit, um mir in den höchsten Tönen

von einem Buch vorzuschwärmen. Nein, darauf war ich nicht vorbereitet. Nie hatte ich jemanden unbekümmerter und fasziniert er von einem Buch reden gehört. Dabei war es mir gar nicht recht, daß es gerade dieses Buch sein mußte. Diesem Buch gönnte ich es nicht, daß Strauch es mit allem erdenklichen Lob überschüttete. Es wurde nämlich auch von ganz anderen Leuten umschwärmt. Strauch hatte keine Ahnung, wer alles vor ihm von diesem Buch gesprochen hatte. Aber es war nicht mehr rückgängig zu machen. Er war zu begeistert, um es ihm auszureden.

Der Geschäftsführer war mir offensichtlich wohlgesinnt. Er, der neben vielem anderen auch für die Quartierzuteilung zuständig war, gab mir nämlich eine Vorarbeiterkoje. Und nicht zuletzt war ich eigentlich ja auch nur meinem Bruder zuliebe in einer Art großzügiger Geste des Firmeninhabers für noch unbestimmte Zeit als Werkstudent eingestellt worden. Deshalb also die mittlere Koje, damit ich die Abende nicht vergeuden müsse.

Und in der Tat hatte ich mir auch bei meinem Aufbruch fest vorgenommen, die arbeitsfreien Stunden für mich zu nutzen. Darüber hatte ich ziemlich ausführlich mit Herbert Takuner gesprochen. Ohne Erfolg freilich, denn es war nicht viel mehr als ein Vorhaben. Ich hoffte ja nur, daß ich durch das Zusammensein mit Arbeitern wieder zu Kräften kommen würde. Begründung gab es dafür Takuner gegenüber keine, denn Gefühle waren selbst unter uns nur schwer mitteilbar.

Ja, das wurden schöne Abende.

Sie verliefen viel unterhaltsamer, als ich sie mir hätte ausdenken können. Es fing damit an, daß ich wenig Lust verspürte, mich nach der Arbeit in meine Vorarbeiterkoje zurückzuziehen. Ich ging zwar in ihr auf und ab, schaute eine Weile durch die Oberlichte auf die riesigen Kiesberge im Hintergrund und nahm mir vor, wenigstens eine Stunde zu lesen. Aber es hielt mich nicht lange. Nicht, daß ich mich elend oder einsam gefühlt hätte. Nein, das war es nicht. Der Ankunftsschrecken war längst vorüber. Die mit Holz ausgetäfelte Koje war nicht ohne Wärme. Aber in der drüberen Koje gab es Unterhaltung, die sich der Werkstudent nicht entgehen lassen wollte. Drüben gefiel es ihm viel besser. Ja, von drüben aus gesehen kam ihm die eigene Koje beinahe wie eine Totenkammer vor. Ja, da ging ich gern hinüber.

Nein, darauf waren wir nicht vorbereitet. Weder Schärdinger noch Strauch noch ich. Keinem von uns wäre in den Sinn gekommen, daß wir es zu aufregenden Unterhaltungen bringen würden. Völlig unerwartet kam es, daß sich bis spät in den Abend hinein dauernde Streitgespräche entwickelten. Und es ließ sich nicht einmal sagen, an

wem es eigentlich lag, daß wir nicht schon nach einigen Abenden genug hatten.
Am bedrängtesten fühlte sich wahrscheinlich Schärdinger. Er wurde wütend und fing an, sich zu wehren. Er nahm nicht hin, daß Werner Strauch auf einmal ungewohnte Fragen stellte. Er war nicht damit einverstanden, daß plötzlich einer aus der Nachbarkoje herüberkam, sich an den Tisch setzte und redete. Es machte ihn wütend, daß Strauch und ich uns nicht um ihn kümmerten. Aber noch wütender machte ihn wahrscheinlich, daß er nicht mitreden konnte. Er versuchte es, aber seine Meinungen fanden kein Gehör. Bei mir jedenfalls nicht und bei Strauch, der mit ihm und manchmal mit einem Dritten oder sogar mit einem Dritten und einem Vierten die Koje teilte, schon überhaupt nicht. Daß Schärdinger sein Unternehmen verlieren und mitsamt seinen Ansichten unter die Arbeiter geraten mußte, war ja schließlich nicht unsere Schuld. Werner Strauch fand es sogar ganz gut, daß Schärdinger auf den Tisch schlug und vom Stuhl aufsprang. Er schmunzelte darüber und fuhr ohne Rücksicht auf Schärdinger fort, mich über politische Gruppierungen, Bewegungen und Proteste auszufragen.
Die Beine übereinandergeschlagen, den Oberkörper leicht nach vorn gebeugt, saß ich da, hörte zu, nickte zu der einen oder anderen Frage, rollte die Augen und überlegte, wie ich darauf antworten könnte. Das von Strauch in die Debatte ge-

worfene Thema war nämlich sehr weitläufig. Eine Zeitlang sprach ich nur davon, daß es sich um einen Gegenstand handle, dessen Erörterung der nötigen Zeit und Geduld bedürfe. Nicht ohne Ernst kam ich schließlich auf Sitzungen und Kundgebungen zu reden, an denen ich teilgenommen hatte. Daß Schärdinger dabei immer unruhiger wurde, kümmerte mich wenig. Ich redete weiter. Und Strauch drängte weiter. Und Schärdinger, der auf einmal nicht mehr wußte, ob er sich gegen Strauch oder gegen den Werkstudenten wenden sollte, stampfte, schrie und rannte in der Koje auf und ab. Und genau darauf schien Strauch gewartet zu haben, denn was Schärdinger nun von ihm zu hören bekam, trug keineswegs zu dessen Besänftigung bei.
Strauch warf ihm vor, daß er ohne Verstand sei. Seit Jahren kreise sein Denken um nichts anderes als um das Gezappel von Kleingewerbetreibenden. Es hänge ihm allmählich zum Hals heraus, daß er noch immer nicht davon loskomme. Es sei an der Zeit, daß er anfange, sich als Arbeiter zu verstehen. Habe er das einmal begriffen, dann sei die Gefahr, daß er sich auf die falsche Seite stelle, schon viel geringer. »Aber du weißt ja noch nicht einmal, wer du bist. Wie sollst du da wissen, was du willst.«
Schärdinger hatte Mühe, sich wieder an den Tisch zu setzen. Es hielt ihn auch nicht lange, und er vergaß sich und warf Aschenbecher, Bierflaschen und auf dem Tisch liegendes Besteck

gegen die Wand. Das sei eine Gemeinheit, einen ganzen Berufsstand als Gezappel hinzustellen. »Ihr wißt nichts. Ihr habt es nie probiert. Und überhaupt...«, er lasse sich nicht einreden, wie er zu denken habe.
»Natürlich nicht«, entgegnete Strauch. »Es steht dir frei, wie du über dich denkst. Du kannst dir vorstellen, daß morgen in der Früh eine Gruppe von Abgeordneten über das Betriebsgelände kommt und sich nach Herrn Schärdinger erkundigt. Du kannst dir aber auch vorstellen, daß über Nacht Schnee gefallen ist und daß du zu den Waschräumen hinunterstapfst. Das steht dir alles frei. Im Denken gibt es viele Freiheiten. Vorausgesetzt, daß du dich nicht dagegen wehrst.«
»Das ist es ja, was mich aufregt«, empörte sich Schärdinger. »Du drehst es immer so, daß es ausschaut, als ob ich nicht denken könnte.« Immer sei er der Dumme. Bei jeder Debatte stelle sich heraus, daß er ein Dummkopf sei. Das lasse er sich nicht länger bieten. Auch wenn er nun gleich zwei gegen sich habe, fügte er hinzu und sah mich dabei einige Sekunden an, als wäre es an mir, ihm darauf zu antworten. Ich schwieg jedoch, stand auf und machte mich daran, die gegen die Wand geworfenen Sachen einzusammeln.

Schärdinger hatte recht. Er war nun tatsächlich einer zweifachen Bedrängnis ausgesetzt. Denn auch von mir, wenn auch in sanfte Worte gekleidet und in weitläufigen Diskursen gehalten, bekam er letztlich nichts anderes zu hören, als daß er im Irrtum sei. Wenn ich ihn auch als Arbeitskollegen schätzte und darüber hinaus gut leiden mochte, so reichte meine Sympathie für ihn nun doch nicht so weit, daß ich mich mit seinen Ansichten hätte anfreunden können. Er war ein angenehmer und liebenswerter Mensch. Wahrscheinlich gab es auf dem ganzen Betriebsgelände niemanden, der so beliebt war wie Karl Schärdinger. Anders jedoch seine Ansichten. Die waren keineswegs liebenswürdig. Und wenn es um die ging, schien auch er sich zu verwandeln. Da war er nämlich plötzlich Unternehmer. Und das brachte nicht nur Werner Strauch, sondern auch mich gegen ihn auf. Und zwar nicht, weil ich auf Unternehmer zornig war oder sie womöglich haßte, sondern weil mir schien, daß man ihre Verdienste nicht unbedingt in einem Barackenlager abhandeln müsse. Aus diesem und keinem anderen Grund drängte es mich, über dieses Thema zu schlaumeiern, um es wenigstens vor die Tür zu kriegen und es der bayerischen Dunkelheit anzuvertrauen. Da Karl Schärdinger selber den Großteil seines Lebens damit zugebracht hatte, die Last der Verantwortung eines Unternehmers zu tragen, schien es mir, daß es wohl nicht allzu schwer sein dürfte, ihn von dieser Last zu befreien. Es erwies sich jedoch als mühsam. Es wurde fast ein Kampf, denn es kamen dabei nicht nur die vielen Nachteile, Härten und Opfer zur Sprache, die Gewerbetreibende auf sich zu nehmen haben, sondern auch ihre Verbündeten, an die sich Karl Schärdinger sehr lebhaft erinnerte. Es waren nicht wenige, die er uns vor Augen zu führen wußte. Ihre Zahl verringerte sich jedoch. Sowohl Strauch als auch mir war daran gelegen, Karl Schärdinger zu einer Abkehr zu bewegen, Strauch noch mehr als mir.

Einmal fing es damit an, daß Hermann und ich in meiner Vorarbeiterkoje hockten und eine Pfanne mit zwei großen Steaks im Auge behielten, die wir so scharf gewürzt hatten, daß die Bewohner der Nebenkojen zu husten und zu fluchen begannen. Ich hatte erklärt, daß es unsinnig sei, zu einem Wirte Wundermild zu gehen und ihm ein Steak abzukaufen. Man brate es besser selber. Und ich gab auch sonst noch einige lebensnahe Weisheiten von mir. Es ging mir inzwischen schon so gut, daß ich mich einen glücklichen Menschen nennen durfte.

Es war natürlich keine Frage, daß wir nach dem Verzehr der Steaks in die drübere Koje gingen, in der es an diesem Abend an Stühlen mangelte. Das war keineswegs außergewöhnlich, denn es kamen des öfteren nicht nur Betriebsangehörige aus den anderen Baracken, sondern auch Arbeiter anderer Firmen zu Besuch. Diesmal war auch Alfons Zaltik darunter, der offenbar schon eine Weile davon sprach, daß es an der Zeit sei, sich über die kommende Betriebsratswahl Gedanken zu machen. Nicht zum ersten Mal. Alfons Zaltik sprach nämlich oft von Betriebsratswahlen, sowohl von bevorstehenden als auch von zurückliegenden. Und das mag ein Grund gewesen sein, warum Werner Strauch auf einmal von etwas ganz anderem zu reden begann. Der Angesprochene war ich. Keine Vereinbarung. Keine vorherige Absprache. Ganz unvorbereitet kam ich zu der Ehre, aufmerksame Gesichter um mich zu haben. Wobei jenes von Zaltik, der sich plötzlich um seine Zuhörer gebracht sah, am wenigsten Begeisterung ausdrückte. Ich fing jedenfalls an, mich unbehaglich zu fühlen und mich nach einem Gehilfen umzusehen, denn es schien mir, daß Strauch, nachdem er alle Aufmerksamkeit auf mich gelenkt hatte, es sich bequem machte. Die Beine übereinandergeschlagen und von sich gestreckt und die Arme über der Brust verschränkt, hockte er weit zurückgelehnt auf dem Stuhl und stellte Fragen, die es mir ermöglichen sollten, den Arbeitern einen aufklärenden Bericht über die politischen Zielsetzungen der Studenten zu geben. Ich war davon sehr angetan, daß Strauch mir dieses Thema zuspielte. Es war nämlich ganz und gar unverfänglich und eignete sich gut, mich bei den Arbeitern beliebt zu machen. Es dauerte auch nicht lange, und sie fingen an, mir Schmeicheleien zu sagen, die mir wohl zustanden, denn schließlich verkörperte ich an diesem Abend alle Studenten und hatte deshalb auch das Recht, alle Zuneigungen und Liebenswürdigkeiten für mich allein einzustreifen. Ich versuchte abzuwehren, kam aber kaum über den Anfang eines Satzes hinaus. Sie waren so voller Ungeduld und Freude, ihr seit Jahren zurückgehaltenes Lob zu bekunden, daß sie sich dabei gegenseitig ins Wort fielen.

Es blieb mir nichts anderes übrig, als zuzuhören und die Huldigung über mich ergehen zu lassen. Auch ein General, sagte ich mir, muß es sich gefallen lassen, daß man ihn mit Orden behängt, die er nicht verdient. Warum solltest du dir nicht auch einmal einige Lorbeeren anstecken lassen? Es würde ja nicht immer so bleiben, hoffte ich. Irgendwann würde ich die nötige Ruhe und auch die entsprechenden Worte finden, um mich erkenntlich zu zeigen. Im Augenblick war ich ganz einfach von dem vielen Wohlwollen, das mir plötzlich entgegengebracht wurde, zu gerührt und fühlte mich außerstande, mich ihrer Freundschaft zu erwehren. Vor allem wollte ich mich bei Strauch bedanken, daß er sich so gönnerhaft benahm und bescheiden im Hintergrund blieb. Nachdem er mir Bier, Zigaretten und die Schlüssel zu seinem Auto angeboten und mit mir gegen Schärdinger Stellung bezogen hatte, hätte ich es ihm nicht übel genommen, wenn er weniger selbstlos geblieben wäre. Aber er war ganz ohne Neid und wirkte so gelöst und zufrieden, daß ich bald keine andere Wahl hatte, als mich in die zugeteilte Rolle zu finden. So behaglich ich mich dabei auch fühlte, es ließ sich nicht mehr umkehren. Ich sah mich ganz einfach auf einen Platz

gerückt, auf dem Werner Strauch mich haben wollte, um mich nach seinen Vorstellungen zum Singen zu bringen. Er wollte, daß nach seinen Regeln geplaudert wurde. Er brauchte niemanden, um sich helfen oder gar beraten zu lassen. Er war nicht auf irgendwelche Anleitungen angewiesen. Er handelte für sich und wußte, was er wollte.
Und das war natürlich besser.
Denn nun wußte keiner mehr, wie es ausgehen würde. Auch Strauch nicht. Da ich nicht allzu viele Leute auf meiner Seite wußte, blieb mir nichts anderes übrig, als mich zu wehren. Das Wörtchen »ihr« mußte ich loswerden. An dieses kleine Wort »ihr«, dessen Strauch sich eifrig bediente, ließen sich nämlich so viele Dinge anhängen, daß ich wahrscheinlich nur noch mit dem Abwimmeln von Schmeicheleien beschäftigt gewesen wäre. Ich begann zu stöhnen und sprach davon, daß ich jetzt Arbeiter sei. Ich hätte es satt, mich einer Bewegung zuordnen zu lassen, der ich schon längst nicht mehr angehörte. Ich hätte es satt, immer nur Lobenswertes über Studenten zu hören. Ob sie denn glaubten, sie seien vom Denken befreit, nur weil sie Arbeiter seien. Darauf laufe es nämlich hinaus, daß Denken und Arbeiten immer noch auseinandergehalten werde. Ganz ohne Grund werde immer noch so getan, als ob ein bißchen Arbeit bereits den Verstand lähme. Das sei pervers. Ja. Pervers sei das. Sie sollten sich ja nicht einbilden, daß sie sich

große Verdienste zuzuschreiben hätten. Sich unwissend zu stellen und stillschweigend seiner Arbeit nachzugehen, sei keine große Leistung. Das sei bestenfalls schlau. Aber sie seien nicht die einzigen, die sich zu Schlauheiten hinreißen ließen. Es gäbe noch andere, die ebenfalls schlau seien.
Nach diesen Sätzen blieb es eine Weile ruhig. Selbst Strauch war überrascht. Er gab es nicht zu. Er schmunzelte. Er schmunzelte immer. Er hatte immer etwas an sich, das einen unsicher machte. Aber diesmal schmunzelte er nur, um Zeit zu gewinnen. Ich sah es ihm an, daß er darüber nachdachte, wie er seinen Singvogel wieder in den Käfig locken könnte. Ich hätte ja auf einmal zu einer auch für Arbeiter verständlichen Sprache gefunden, sagte er. Dieser Ton gefalle ihm besser. Mit Studenten habe er nämlich immer Schwierigkeiten gehabt. Er habe oft und lange zugehört und auch mit Studenten geredet, aber es sei ihm nicht ein einziges Mal gelungen, zu einer klaren Aussage zu kommen. Ein Student könne immer ausweichen.
Ihm war freilich nicht beizukommen. Er war überhaupt geschickt. Er brachte nicht nur Schärdinger und mich aus der Fassung, er trieb auch andere so weit, daß sie plötzlich aufsprangen, die Tür hinter sich zuschlugen und mit Geschrei und Verwünschungen davongingen. So mancher bayrische Mensch, dessen allzu brauchtumhaftes Denken an Zustimmung gewohnt war, brach auf und blieb noch einige Tage in Form eines zurück-

gelassenen Hutes anwesend. Ohne Strauch wären diese Abende anders verlaufen. Es war er, der alles in Gang gebracht hatte. Ihm war daran gelegen, daß jeder für sich zu reden hatte. Er rückte alle auseinander. Er konnte das. Er saß auf einem sicheren Platz. Er hatte einen scharfen Blick und konnte schnell denken. Das war kein Denken, das einer Schule entstammte. Das war etwas, das er sich selber erworben hatte. Ein Denken, zu dem er sich erst hatte durchringen müssen. Er hatte keine Förderer. Er hatte höchstens Gönner, von denen er wußte, daß sie niemals kommen würden, um mit ihm zu teilen. Er wußte, daß er sein ganzes Leben lang Arbeiter bleiben würde. Er wußte auch, daß es sich dabei nicht einfach um eine unausweichliche Laune des Schicksals handelte. Er wußte, daß es Menschen gab, die immer einen Weg finden würden, um sich irgendwelche Freiheiten auszudenken. Er sah dabei nicht nur sich. Werner Strauch war keiner von diesen Arbeitern, die nur an sich allein dachten. Und schon gar nicht war er einer von denen, die sich schlau wähnten, wenn sie ihr Geschick durch Schweigen zu bessern glaubten. Ein Schweiger war Strauch nicht. Es wäre nicht verwunderlich gewesen, wenn ihn das Gedröhne der Betonrüttler zum Verstummen gebracht hätte. Ich wäre nicht erstaunt gewesen, wenn er anderen gleich nur noch müde und unansprechbar Abend für Abend auf der Pritsche gelegen wäre. Statt dessen aber brachte er Leben in die Gemüter. Solange nur Schärdinger und ich, die wir mindestens eine und manchmal schon zwei Stunden vor ihm aus der Halle kamen, in der Koje hockten, war es ruhig. Aber sobald Werner Strauch eintrat, wurde es spannend.

Mondflüge gab es längst, und die heimtückischsten Waffen wurden ausgeklügelt, aber gegen das Hineingehen in die Fabriken war noch kein Mittel gefunden.
Wie langweilig das doch war!
Die westliche Geschichte! Die östliche Geschichte! Und nun auch noch die chinesische Geschichte! Jede endet in dem gleichen Stumpfsinn – du wirst schon in jungen Jahren aufs Feld oder in die Fabrik geschickt und kommst nur durch Verrat los.
Als ob es sich um einen einzigen Körper handelte, wurde von den Arbeitern als einer Klasse gesprochen. Aus purer Bequemlichkeit wurde dieses Wort über sie gestülpt, um ihnen Eigenschaften zuzuschreiben, die aus Büchern stammten, die nicht von Arbeitern gelesen wurden.
Sie taten gut daran, die Arbeiter, daß sie dieser Sprache nicht so einfach folgten. Sie war unverständlich, langweilig und hochnäsig zugleich. Es handelte sich nicht einmal um eine Sprache, sondern um ein Instrument, das längst stumpf geworden war.

Die Arbeiter halfen sich selber.
Sie pfiffen auf die roten Fahnen und überließen sich der Hoffnung, daß es nicht schlechter werden möge. Sie wußten nichts Besseres. Die Geschichte ging sie nichts an. Wozu auch!
Es gab genug, die sich nicht scheuten, leitende Positionen einzunehmen. Zu viele, die zu so vielen verschiedenen Sitzungen gingen, daß sie sich Windeln hinter die Unterhosen stopfen mußten, um ihre Hinterteile vorm Wundwerden zu schützen. Es war längst zu mühsam, herauszufinden, um wessen Geschicke in den vielen verschiedenen Gebäuden gerungen wurde. Und es wurde auch nicht klarer, als Arbeiter bereits aus ihrer Mitte Vertrauensleute wählten und sie für sich sprechen ließen.

Die Arbeiter hatten etwas, das andere schon lange nicht mehr kannten. Sie mochten sich gut leiden. Selbst in der Früh, wenn jedem klar war, was er von dem begonnenen Tag zu erwarten hatte, gab es nicht wenige, die sich wohlwollend durch das Gedröhne zunickten oder sich durch Handzeichen bemerkbar machten. Das war nicht irgendein flüchtiger Gruß. Das bedeutete viel mehr. Sie hatten keinen Grund, sich Sympathien vorzuheucheln. Da sagten sie lieber gleich gar nichts und schauten über einen hinweg. Von ihnen geschnitten zu werden, konnte sehr weh tun. Sie sprachen es nicht aus, aber sie wußten natürlich, daß sie es waren, die anderen viele

Bequemlichkeiten ermöglichten. Das wußten sie so genau, wie es einem Frosch klar ist, daß er mit einer Ringelnatter keine Partnerschaft eingehen darf. Unter sich wußten sie schon, welchen Wert sie hatten. Das kam auch durchaus zum Ausdruck. Sie sprachen von sich natürlich als von Menschen. Nie hörte ich von ihnen das Wort Masse. Auch dem Begriff Klasse verweigerten sie sich. Dafür sprachen sie umso eifriger von sich selbst – leider viel zu wenig und viel zu bescheiden. Leider hoben sie kein langes ohrenbetäubendes Geschrei an. Das mochten sie nicht. Das lag ihnen nicht. Am ausdruckstärksten waren immer noch ihre Gesichter und ihre Augen. Die konnten einen glatt durchstechen, wenn ihnen vorkam, man gehöre nicht zu ihnen. Ihre Augen ließen keinen Zweifel aufkommen.

Auch mir gegenüber waren ihre Blicke kühl, mißtrauisch und geringschätzig. Auch mir gegenüber machten sie keine Ausnahme. Warum auch! Das schätzte ich ja an ihnen. Das war ja ihre Stärke. Nur einer erzählte mir, daß er einen Sohn habe, der bald vorm Abschluß eines Universitätsstudiums stehe. Das war Stefan, der mit mir in der Schlosserei arbeitete. Er selber war geprüfter Meister und stammte aus Slawonien und war Mitglied der Kommunistischen Partei. Nur einmal, und auch da nur flüchtig, sprach er mir davon. Allen anderen kam das Wort Universität nicht über die Lippen. Sie hatten auch Grund dazu, denn auch auf den Universitäten wurde ja nicht ununterbrochen von Arbeitern geschwärmt. Daß dort die Tage ohne Staub, Lärm, Dreck und Schweiß vergingen, wußten die Arbeiter sehr wohl. Auch als sie mich schon viel weniger als einen aus einer ihnen unzugänglichen Welt Kommenden betrachteten und mich bereits mit kleineren Aufträgen ausprobiert hatten, besagten ihre Blicke immer noch: Unser Leben scheinst du nicht zu kennen. So manchen tat es sogar leid, daß ich nicht eine leichtere und angenehmere Arbeit gefunden hatte. Durch die vordere und durch die hintere, zu den Betonierhallen führende Tür kamen sie in die Werkstatt geschritten, brachten mit knappen Worten und flüchtigen Gesten ihre Wünsche zum Ausdruck und gingen. Da waren Arbeiter darunter, die so ungeheure Leistungen erbrachten, daß mir vorkam, ein böser Traum sei über sie hergefallen und habe sie in das 19. Jahrhundert versetzt. Es waren vorwiegend Arbeiter aus Gebirgstälern. Arbeiter, die häufig früh von Krankheiten heimgesucht wurden, sich mit Krebsängsten quälten und schrecklich einsame Spitalaufenthalte durchlebten. Arbeiter, die keine Aufpasser und keine Antreiber brauchten. Arbeiter, die kaum redeten und nur ganz selten lachten. Arbeiter, die sehr begehrt waren.

Mein Bruder Hermann gehörte zu diesen Arbeitern.

Er war noch jung, aber er hatte bereits all diese Eigenschaften eines Menschen, der keine Mühe scheut und lange Erörterungen widerlich findet. Außerhalb der Arbeitszeit konnte er stundenlang irgendwo hocken und zuhören. Egal, welcher Unsinn geredet wurde, wichtig war ihm nur, daß er keine Fragen zu beantworten hatte und sich nicht an der Unterhaltung beteiligen mußte. Das hatte freilich damit zu tun, daß er die Leute, von denen er umgeben war, schon seit Jahren kannte und ihre Ansichten oft und oft gehört hatte. Vielfach dienten die Fragen wie: »Hermann, was meinst du?« ja auch nur zur Unterbrechung, damit der Fragende mit seinen Ansichten fortfahren konnte. Hermanns Antwort darauf lautete deshalb fast immer, er sei ganz dieser Meinung. Ihn zu einem Widerspruch zu bringen, war beinahe unmöglich.
Es gab da jene von Studenten und Intellektuellen vergeblich bekämpfte Zeitung, die er zu meinem Entsetzen ziemlich regelmäßig kaufte. Eine Zeitung, von der auch in Österreich und in der Schweiz Abarten existierten, die überall hohe Auflagen erzielten, aber verglichen mit der deutschen Ausgabe wirkten sie eher harmlos. Diese großformatige, mächtige Zeitung also wurde ziemlich häufig von Hermann gekauft und gelesen. Aus Gewohnheit und Unachtsamkeit schien er diese Zeitung zu kaufen. Auch als ich bereits anfing, diese Zeitung mit Schmähungen und niederträchtigen Geschichten zu besudeln,

kaufte er sie immer noch und sagte, er lese sie nur des Sportteils wegen. Immer lag diese großformatige, machthaberische Zeitung in den engen Behausungen herum. Sie paßte so gar nicht zu meinem Bruder. Er war das Gegenteil von aufgeblasen, machtsüchtig und böswillig. Er verschanzte sich nicht hinterm Elend anderer Menschen. Nein, mit dieser Zeitung hatte er nichts zu tun, er war ein guter Arbeiter. Außerhalb der Arbeitszeit war er für jeden Blödsinn zu haben, aber sobald er in der Früh die Halle betrat, wurde er unansprechbar wie seine Kollegen, die alle zusammen das Pech hatten, eine ihnen in jeder Hinsicht unterlegene Existenz als Vorarbeiter über sich zu haben.

Dieses Vorarbeiterdasein war übrigens etwas, worüber ich mich schließlich mit meinem Bruder doch länger und eingehender zu unterhalten anfing. Das war etwas, was ihn schon geraume Zeit zu beschäftigen schien. Ich wiederum konnte ihm mit gutem Gewissen davon sprechen, daß er und seine Kollegen nicht die einzigen seien, die sich mit einem Vorarbeiter herumzuschlagen hätten. Die gebe es auch in jeder Büroabteilung, in Pfarreien, Banken, Bordellen, Schulen, Gasthöfen, Fernseh- und Rundfunkanstalten und höchstwahrscheinlich auch im Jenseits. Sobald man sich auch nur in die kleinste Gemeinschaft begebe, um sich nützlich zu machen, stoße man auf eine leitende Persönlichkeit. Das war natürlich nur eine Ausweitung, jedoch keine Abhilfe, denn der Vorarbeiter Anton Stirner war jeden Tag schon am Morgen als erster anwesend und wartete auf seine Untergebenen, um ihnen Arbeiten anzuschaffen, die sie ihm vorher oft erst erklären mußten, weil er im Lesen von Plänen unbeholfen war. Auch zu uns kam Stirner oft in die Werkstatt, stets in Eile und außer Atem. Seine Anliegen waren fast jedesmal so, daß sie sofort erledigt werden mußten, weil sonst mindestens ein Viertel der Produktion ausgefallen wäre. Dieser Umstand kümmerte uns jedoch nicht sehr, denn wir bekamen keine Akkordzulagen. Wir waren in dem durch verschieden hohe Akkordbeteiligung angetriebenen Produktionssystem sozusagen nur Mitgerissene. Wir (Schärdinger, Stefan, Huber, der beratende Meister, Willi und ich und unser selten anwesender Vorarbeiter) waren aber schließlich nicht so unfair, daß wir Kollegen um ihre erschundenen Akkordgelder bringen wollten. Also ließen wir uns mitreißen und stürzten gelegentlich dem eifrigen Stirner oder einem anderen Partieführer oder einem Zeichner oder einem ausschreitenden Ingenieur in die von Dampf, Getöse und Staub durchwirbelten Betonierhallen nach und legten uns unter ein an Stahlseilen hängendes Monstrum von Gestell und schraubten, schweißten, schliffen, bohrten, spuckten und zappelten.

Hinein in die Kleider, frühstücken und hinaus in die frische Luft. Die Karte stempeln und hinein in das Getriebe. Die hohen Hallen, der Staub und die raschen Schritte und dort und da ein höhnisch grinsendes Gesicht. Türken, Italiener, Deutsche, Griechen, Spanier, Engländer, Jugoslawen und Österreicher eilten da in verschiedene Richtungen davon. Es waren wahrscheinlich kaum mehr als vier Leute darunter, die sich nicht darum kümmerten, was ihre Kollegen von ihnen dachten. Einer von ihnen, den der Chef für einen seiner besten Arbeiter hielt, brachte es an manchen Monaten auf einen Lohn von viertausend Mark netto. Andere Akkordarbeiter kamen auf einen Durchschnittsverdienst von nicht ganz tausendvierhundert Mark. Nichtakkordarbeiter hatten in den ersten Monaten nicht einmal den Nettobetrag von achthundert auf dem Lohnstreifen. So klug wie der eine Spitzenverdiener, der als eine Art Draufgabe pro Jahr mehrere Monate wegen angeblicher Krankheiten dem Betriebsgelände seine Anwesenheit versagen mußte, wären wahrscheinlich auch viele andere gewesen. Da in dringenden Fällen manche Partien auch in der Nacht arbeiteten, mußte man nur entlang irgendwelcher Schatten zur Halle pirschen und sich dort an die Stempeluhr anschleichen. Freilich konnten sich nur einige zu derartigen nächtlichen Stempeleien aufraffen. Über diese Kollegen wurde manchmal geredet, aber nie lange. Im Falle des Spitzenverdieners Rofner kam allerdings noch hinzu, daß nicht er selbst es war, der in der Nacht aufstand und seine Karte heimlich in die Stechuhr schob, sondern sein Gehilfe Franz Platzka, der an einem heißen Sommernachmittag zuviel Bier getrunken und beim Einschütten von Zement das Gleichgewicht verloren hatte und durch einen Trichter in die mit Beton gefüllte Mischtrommel gefallen war und nach langer Bewußtlosigkeit und vielen Operationen nur noch als Idiot existierte.

Die hohen Hallen, der Staub und dort und da ein höhnisch grinsendes Gesicht, das Dampfen, Pfauchen, Rasseln, Quietschen, Aufreißen von Toren, Surren, Hämmern, Kreischen, Dröhnen der Rüttler – eine einzige dieser kleinen Maschinen, die sich nach kurzer Zeit sowohl von hochklassigen Schraubverbindungen als auch von noch viel widerstandsfähigeren Schweißnähten losriß, brachte eine ganze Tischlerwerkstatt zum Verstummen. Verglichen mit dem Lärm, dem die Leute in den Betonierhallen ausgesetzt waren, mutete das Arbeiten in einer der Werkstätten geradezu wie eine Idylle an. Die unsrige war natürlich die ruhigste: Wir hatten die niedrigsten Einkünfte und waren uns deshalb einig, so wenig Lärm wie nur irgend möglich zu verursachen. Die erste Morgenstunde verbrachten wir fast nur mit dem Schließen der Türen, die die Hereinkommenden in einem fort aufrissen. Karl Schärdinger war der eifrigste Gegner dieser Untugend. »Der macht aber auch nie eine Tür hinter sich zu«, schimpfte er oft Stirner nach. Nicht nur einmal stand er mit erhobenem Arm vor der offenen Tür und ballte gegen das Gedröhne die Faust und stieß irgendwelche unhörbaren Flüche und Verwünschungen aus. Ihm, der sich an angenehmere Zeiten erinnerte, schien dieses Getöse noch weit unerträglicher zu sein als mir, der ich jahrelang jeglichem unnötigen Lärm hatte ausweichen können. Noch widerlicher war ihm das Schreiten um uns herum. Er brachte mir aber rasch bei, daß der Tag auch ohne Arbeit lang sein konnte.

Die Ingenieure und ihre Zeichner waren es, die am schnellsten über das Betriebsgelände schritten. Und es waren auch sie, die auf langen Tischen und aufgestellten Tafeln die Vorlagen erarbeiteten, nach denen die verschiedensten Schalungen und Vorrichtungen gebaut werden mußten. Diese Pläne, die in der Eile des öfteren irgendwelchen Verwechslungen zum Opfer fielen, hatten in der Regel die Eigenheit, daß sie nicht stimmten. Nicht daß hier, wie es nach der Revolution in den Sowjetrepubliken häufig der Fall gewesen war, böswillige Geister am Werk gewesen wären. Außer der schwarzhaarigen Telefonistin (und vielleicht noch dem Inhaber des Betriebes) wollte niemand in den Bürogebäuden auf der Seite der Arbeiter stehen und hatte auch niemand Interesse daran, der Produktion Prügel zwischen die Beine zu werfen. Dennoch ging es nicht. Die Pläne stimmten einfach nicht. Oft waren die angeforderten Produkte längst gegossen und von Zaltik, Strauch und anderen Kranführern aus den Hallen hinausverfrachtet, an die Staplerfahrer weitergegeben und von diesen bereits gelagert worden, als plötzlich ein Schwarm von weißbemäntelten Männern über das Betriebsgelände geschritten kam und sich von einem Vorarbeiter zu einem hohen Betonteil führen ließ und zu Messungen ansetzte. Manchmal waren diese zu bemessenden Ungetüme nicht mehr da und reisten bereits auf einer Autobahn ihrem Bestimmungsort entgegen oder reisten von diesem gerade ab und ließen auf ihre Ankunft warten. Gewiß war in jedem Fall, egal, durch wie viele Landschaften die Reise auch geführt hatte, daß die Lastzüge von ihrem Gewicht befreit werden mußten. Was mit den auf den Erdboden stehenden Ungetümen weiter zu geschehen hatte, hing von den Weißbemäntelten ab. Es gab da Fälle, die sie so lösten: Sie riefen Männer herbei und ordneten an, daß die mißlungenen Teile rasch vom Lager weggeschafft werden sollten. Andere Fälle lösten sie ebenfalls, indem sie Männer herbeiriefen. Jede ihrer Messungen und Beratungen lief darauf hinaus, daß sie zum Schluß Männer herbeiriefen und selbst gingen. Nie kam es vor, daß einer von ihnen blieb. Nie kam es vor, daß einer von ihnen das Magazin aufsuchte, um sich die nötigen Maschinen und Werkzeuge in die Hand drücken zu lassen. Diese Änderungsarbeiten waren fast immer solche zum Schneiden, Bohren und Schleifen.

Infolge der Verwechslung von Plänen mußten auch die Schalungen häufig umgebaut werden. Am meisten beeindruckte mich die ungeheure Ruhe und Geduld, die von den Arbeitern ausging. Selbst einer wie Stefan, der einmal sagte, es sei immer die Angst, immer sei er der Angst ausgesetzt, wirkte ruhig. Er durchschaute all diese Sinnlosigkeiten, die sich jeden Tag von neuem wiederholten, dennoch blieb er ruhig, betrat in der Früh die Werkstatt und fing zu arbeiten an. Dabei hätten gerade er und alle anderen aus südlichen Ländern stammenden Arbeiter Grund gehabt, sich um jeden überflüssigen Handgriff zu drücken, denn sie alle bekamen keine Trennungszulage bezahlt. Nur die österreichischen und deutschen Arbeiter erhielten dieses zusätzliche Geld.

Die Morgen, wenn sich hinter den Sandbergen die Sonne erhob, hatte ich gern. Ich setzte natürlich alles daran, mit Schärdinger und Strauch in ihrer Koje frühstücken zu können. Leider ergab es sich dann nur selten, daß wir in weiten Abständen voneinander zusammen auf dem an einem Acker entlangführenden Weg zu der bereits mit Lärm erfüllten Betriebshalle hinuntergingen. Leider mußte Strauch an manchen Morgen schon vor sechs Uhr in der Halle sein.

Was Karl Schärdinger wahrscheinlich am wenigsten leiden konnte, waren die Italiener. Er sprach nie häßlich über die italienischen Arbeiter im Betrieb, aber die Italiener als Nation verachtete er. Manchmal äffte er eine Schlagersängerin nach und sang *Zwei kleine Italiener von Napoli* und erzählte anschließend, wie ihm während der Kriegsgefangenschaft irgendwo am Strand von Neapel ein Schwimmbrett gestohlen worden sei. Man konnte mit ihm über die verschiedensten Dinge reden. Es leuchtete ihm beispielsweise ein, daß Parlamente geschichtlich längst überholte Einrichtungen seien. Aber nicht auszureden war ihm, daß ihn Italiener um sein Schwimmbrett gebracht hätten. Dabei konnte er mit Bestimmtheit nur sagen, daß er eines Nachmittags, als er zum Strand sei, das Schwimmbrett nicht mehr gefunden habe. Die Nische, in der er es versteckt habe, sei auf einmal leer gewesen.
Was ihm ebenfalls nicht behagte, waren die Halter von Reitpferden, von denen er des öfteren abends von der Baracke abgeholt und zu einem der umliegenden Reitställe gefahren wurde. Nicht daß er an ihrer Kleidung oder ihren Manieren etwas auszusetzen gehabt hätte. Darüber äußerte er sich kaum. Was ihn vielmehr wütend machte, war die Art und Weise, wie sie mit ihren Pferden umgingen. Darüber fluchte er, wenn er manchmal spät am Abend mit einer Tasche voller Werkzeug in die Koje eintrat. Diese Nichtsnutze, schimpfte er, seien nicht einmal fähig, den Huf

eines Reitesels aufzuhalten. Acht Zugpferde sei das mindeste gewesen, was er früher an einem Vormittag beschlagen habe. Und jetzt vergehe oft ein ganzer Abend, bis er einem von diesen verwöhnten Ludern vier Eisen aufgenagelt habe. Bei jedem winzigen Zucken werde der Huf niedergelassen und an dem Luder herumgetätschelt, während er in den elendsten Verrenkungen auf dem Boden kniee und die größte Geduld aufbringen müsse, um das Miststück nicht zu verprügeln. Diese Nichtsnutze von Pferdehalsstreichlern stellten sich auch so dumm an, daß selbst der geschundenste Ackergaul nicht lange stillhalten würde. Jeden noch so einfachen Handgriff müsse er jedesmal von neuem vorzeigen, sodaß er sich dabei oft wie ein Idiot vorkomme. Einmal, als er uns auf sehr anschauliche Weise die verschiedenen Gang- und Hufarten, die einem Schmied vertraut sein müssen, in der Koje auf und ab gehend, vorführte, knallte er ganz plötzlich ein in der Hand gehaltenes Eisen unter das Bett und brach augenblicklich seinen Vortrag ab und kehrte zum Tisch zurück.

Er stellte jetzt oft Fragen zu politischen Vorgängen in Asien und Lateinamerika und versteifte sich längst nicht mehr darauf, daß die Partei, der er vertraut und der er bei jeder Wahl seine Stimme gegeben hatte, auch weiterhin seine Gunst haben würde. Er sprach nicht mehr von ehemaligen Anführern und Größen dieser Partei

und fand auch nicht mehr, daß er die Verdienste der Unternehmer verteidigen müsse. Er sprach nicht mehr von ihnen – dafür interessierte er sich jetzt für Leute, von denen er vorher so gut wie nie etwas gehört hatte. Das hatte eben damit zu tun, daß er selber einmal ein Unternehmer gewesen war. Das vielen Arbeitern anerzogene Sich-abfinden-Müssen fehlte Karl Schärdinger. Diese stumpfsinnige und wohl ausweglose Eigenschaft kannte er nicht. Fast entsetzt erzählte er hin und wieder von Leuten, die Werner Strauch und er für kürzere und auch längere Zeit zu Kojenkollegen gehabt hatten. Einer von ihnen, der aus der Umgebung von Rosenheim stammte, sei immer spät am Sonntagabend gekommen und habe weder gegrüßt noch sonst ein Wort von sich gegeben. Den ganzen Montagabend sei er stumm am Tisch gesessen und habe auf einen Fleck gestarrt. Den ganzen Dienstagabend habe er geschwiegen und sich nicht von der Stelle gerührt. Den ganzen Mittwochabend kein einziges Wort und am Donnerstagabend vielleicht einmal ein kurzes Gemurmel. Sowohl er als auch Strauch hätten oft versucht, ihn zum Reden zu bringen, aber immer ohne Erfolg.
Von Werner Strauch angefahren und in die Enge getrieben zu werden und meine anfangs zu langen und zu leblosen Reden waren Schärdinger letztlich viel lieber als das ruhige und von mißlaunigen Augen beherrschte Absitzen von Abenden. »Nur Arbeit, Müdigkeit und Tod«, sagte er, sei

für viele das Leben. Mit diesem stumpfsinnigen Gehabe hätte er sich nie anfreunden können. Auch wenn er nicht mit ihren Ansichten übereinstimme, finde er es lobenswert, daß es überhaupt noch Leute gebe, die den Mut hätten, den Mund aufzumachen. Es sei nicht verwunderlich, daß sich kaum jemand für politische Vorgänge interessiere. Jeder nur halbwegs denkende Mensch wisse, daß Politiker nie um Ausreden verlegen seien. Es werde einem nichts gesagt. Es werde einem immer nur das beigebracht, was einem nichts nütze. Da verstehe er, daß es Leute gebe, die nichts glauben und nur noch alles zerpflükken. Das sei viel interessanter, als sich gehenzulassen und immer in dem gleichen Stumpfsinn dahinzuleben. Zu Wahlen und in die Kirche zu gehen und am Abend dem Fernsehen zuzuschauen, das sei keine Kunst. »Jeden Tag in der Früh aufstehen und arbeiten!« Aber er habe sich oft und oft gefragt: »Wieso in der Früh auf und arbeiten?« An sich sei Arbeiten etwas Gutes, heiße es immer, aber geglaubt habe er diesen Blödsinn nie. Das werde einem eingeredet. Schon als Kind habe er diesen Blödsinn von allen Seiten eingeredet bekommen. In der ganzen Verwandtschaft nicht ein Mensch, der das Gegenteil behauptet hätte. Großmutter, Geschwister, Vater, Mutter, Tanten, Onkel und der im hohen Alter noch herumwerkende Großvater: alle dafür. Niemand dagegen. Da müsse man ja verblöden, wenn einem schon als Kind eingeredet werde, daß

Arbeiten etwas Rechtschaffenes, Nützliches, Gutes, Ordentliches, Glückliches, Zufriedenes und womöglich auch noch Gottgefälliges sei. Und heraus komme, daß man ermüde, abstumpfe und nicht mehr aus dem Blödsinn hinausfinde. Aber darüber werde nie gesprochen. Seit er arbeite, höre er von nichts anderem, als daß Arbeiten gut sei... Das höre wahrscheinlich nie auf. Selbst den Toten werde dieser Unsinn noch von Pfaffen und allerlei Rednern in ihre Gräber hinuntergerufen. Nur Selbstmörder, Verbrecher, Taugenichtse und Idioten hätten das Glück, wenigstens nicht auch noch im nachhinein mit Hohn und feigem Geschwätz besudelt und für dumm verkauft zu werden.
Der Spanier, sagte er einmal, mache es richtig. So wie der Spanier müsse man sein. Von ihm schwärmte Schärdinger oft. Diesen Spanier, den der Geschäftsführer anscheinend schon lange loshaben wollte, kannte ich noch nicht. Er war wegen eines Arbeitsunfalles im Krankenhaus oder vielleicht schon wieder aus dem Krankenhaus entlassen und hielt sich irgendwo bei Freunden oder Bekannten auf. Er war jedenfalls nicht da. Die links von meiner Unterkunft liegende Gemeinschaftskoje, in der der Spanier untergebracht war, gab außer dem Nagen und Getrippel von Ratten, die erst spät in der Nacht zu hören waren, kein Geräusch von sich. Der Spanier sei kaum angekommen gewesen, sagte Schärdinger, da habe er schon begonnen, dem Betrieb Schwierigkeiten zu ma-

chen. Ich könne mich darauf verlassen, daß es in der Koje des Spaniers, sobald dieser zurück sei, laut sein werde. Herr Klingler werde in einem fort mit Zetteln und Mappen anmarschieren und versuchen, den Spanier durch Vorschriften einzuschüchtern. Bisher sei es Klingler nicht ein einziges Mal gelungen, den Spanier zu übertölpeln. Bisher habe immer noch Klingler Mappen und Zettel zusammenpacken und nachgeben müssen. Auch in seinem Büro hätte Klingler nichts gegen den Spanier ausrichten können. Klingler sei immerhin der Geschäftsführer, aber der Spanier habe sich davon nicht beeindrucken lassen. Für jedes Gespräch verlange der Spanier einen Dolmetscher. Ohne Dolmetscher weigere er sich, mit Herrn Klingler zu verhandeln. Alle anderen hätten entweder schlechte oder gar keine Abkommen, auf die sie sich berufen könnten. Der Spanier aber habe Abkommen auf seiner Seite, die Klingler ihm vergeblich auszureden versuche. Herr Klingler sei einmal ganz wütend weg und habe geschrien, daß ihm nie mehr ein Spanier in den Betrieb kommen werde.

Womöglich sei es falsch. Womöglich sei das ganze Leben eine Gotteslästerung. Es gebe auf der ganzen Welt keinen Menschen, von dem er sich einreden lasse, daß Arbeiten von Gott komme. Nie und nimmer lasse er sich überzeugen, daß Arbeiten gottgewollt sei. Das sei eine Verdrehung. »In der Früh auf und arbeiten, das kommt nicht von Gott.« Das sei eine Verhöhnung. Gott verlange von keiner Kreatur, daß sie sich selber um die ihr gegebenen Sinne bringe und verkümmere und verkomme und sich in einem fort einschränke. Das sei eine Verstümmelung. Die Sinne seien nicht dazu da, um sie durch Arbeit zum Verschwinden zu bringen. Das würde den Tod vorwegnehmen und erübrigen. Ein bereits Toter könne nicht mehr viel sterben. Sterben könne nur, wer gelebt habe. Und Leben komme von den Sinnen. Nicht von verkrümmten Händen und den Fabriken. Die Hände seien Sinnesorgane. Es wundere ihn nicht, daß junge Menschen eines Tages in der Früh aufstünden und einfach weggingen. Es gebe schon lange keinen Grund mehr, sich von irgendwelchen Vorschriften hinhalten zu lassen. Es sei ungeheuer, sich vormachen zu lassen, daß Gesetze etwas mit Recht zu tun hätten. Die seien dazu da, einen einzuschüchtern. Die seien absichtlich so kompliziert angelegt, damit sich niemand wehren könne.

Ich weiß nicht mehr, aus welchem Grund wir an einem Abend im Aufenthaltsraum hockten. Vielleicht gab es keinen besonderen Grund. Es war jedenfalls so, daß Alfons Zaltik wieder einmal davon anfing, daß es an der Zeit sei, sich über die bevorstehende Betriebsratswahl Gedanken zu machen. Ohne besonderen Anlaß schien es gekommen zu sein, daß Zaltik in den ganz und gar abstoßenden, schon vor vielen Jahren mit dem gräßlichsten Grün bepinselten Aufenthaltsraum getreten war, um in diesem Raum von der bevorstehenden Betriebsratswahl zu reden. Das wiederum war wohl der Grund, weswegen auch Herr Klingler sich dort aufhielt. Herr Klingler benutzte diesen Raum nie, um sich dort Mahlzeiten einzuverleiben, aber er stattete ihm häufig flüchtige Besuche ab. Auch während des Tages, zwischen den Mahlzeiten, wenn dieser Raum für gewöhnlich leer war.

Gut, sie sprachen also. Zaltik von der bevorstehenden Betriebsratswahl, Herr Klingler von gedankenlosen Ärzten, die in einem fort Krankenscheine ausstellten. Herr Klingler meinte, wenigstens zur Kontrolle sollte ein Arzt da sein, der sich nicht von Gefälligkeiten leiten lasse. Er vermied es, Betriebsangehörige zu nennen, die sich des öfteren ihnen gefälliger Ärzte bedienten. Er begnügte sich mit der Behauptung, daß ein Unternehmen nur ein begrenztes Ausmaß an Krankheit verkraften könne. Umgekehrt hieß es wiederum, daß auch Herr Klingler so manchen Gefälligkeiten nicht ungeneigt war. Den Arbeitern war jedenfalls nicht entgangen, daß sich im Laufe der Jahre um Herrn Klingler eine kleine Vetternwirtschaft gebildet hatte. Sie sprachen gelegentlich darüber und freuten sich insgeheim, daß Klingler nicht alles, was ihm vorschwebte,

durchzusetzen vermochte. Und zwar nicht deswegen, weil sich die Arbeiter zusammenschlossen und sich gegen Herrn Klingler auflehnten, sondern weil der Inhaber des Betriebes in vieler Hinsicht ein unbeeinflußbarer Mensch war.
Ich war gewiß kein Anhänger von Menschen, die glaubten, allen Widersprüchlichkeiten zum Trotz ein Privatunternehmen anführen zu müssen. Es gab jedoch Vorfälle und Geschichten, die ich nicht einfach übergehen und überhören konnte.
Ich war nicht davon angetan, was Hermann mir einmal von einem seiner Kojenkollegen berichtet hatte. Ein Mensch, den ich im Gegensatz zu Hermann für einen politisch bewußten Arbeiter hielt. Dieser politisch bewußte Arbeiter, der an den Freitagnachmittagen auch einer der Mitfahrenden war, widerte mich an. Er war nämlich derart gierig, daß er während eines von der Firma veranstalteten Betriebsabends kein anderes Ziel verfolgte, als sich an Herrn Heldrich, den Inhaber der Firma, heranzumachen, um diesen wissen zu lassen, daß Hermann übers Wochenende das Firmenauto des öfteren für Privatfahrten verwende. Viele gemeinsame Arbeitsjahre, das Aufwachsen im selben Dorf und der politisch geschulte Verstand hinderten Siegfried Thaler nicht, in Hermanns Anwesenheit vor Heldrich hinzutreten und zu sagen, daß Hermann das Firmenauto am Wochenende für Privatfahrten benütze.
Aber für Geschwätz und Verleumdung war Held-

rich unzugänglich. Nicht einmal gegen die nächtlichen Stempeleien richteten die Schwätzer etwas aus. Sobald er von einem Menschen überzeugt war, ließ er ihn nicht mehr fallen. Nur einmal soll er Rofner auf dem Betriebsgelände aufgesucht und gesagt haben: »Herr Rofner, jetzt verdienen Sie in manchen Monaten schon mehr als ich.« Ohne Heldrich wäre vieles zuungunsten der Arbeiter anders gewesen. Ohne Heldrich als Betriebsinhaber hätte Herr Klingler sich weit besser entfalten können. So jedoch mußte Herr Klingler sich in vielen Angelegenheiten gegen seinen Willen nach Heldrich richten.
Herr Klingler war natürlich viel wendiger, einfallsreicher und moderner als Heldrich. Flink und oft unberechenbar, kam Herr Klingler auf einen zu. Wegen ihm allein, sagte Schärdinger, sollte man andauernd einen Hammer oder eine Zange mit sich herumschleppen. Oft stand Herr Klingler ganz plötzlich vor einem, und man sah sich ebenso plötzlich nach irgendwelchen Arbeiten um.
Heldrich kam immer über offene Plätze und durch weit aufgerissene Tore auf einen zu. Nie sprang er plötzlich hinter einem Bretterstapel hervor oder zwängte sich durch eine angelehnte Tür. Er sprach viel zu oft mit den Leuten und erkundigte sich nach ihren Privatgeschichten. Es gab offensichtlich Arbeiter, die er gern hatte und auf seinen Gängen über das Betriebsgelände aufsuchte. Heldrich war viel zu höflich, wohlwol-

lend und menschenliebend, um einen erfolgreichen Unternehmer abzugeben.
Seine Gänge über das Gelände waren irgendwie schön. Als ob es einen sein Vaterland und dessen Menschen liebenden General in das Gehetze von Wirtschaftstreibenden verschlagen hätte, so kamen mir diese Gänge oft vor. Heldrich war von großer Statur und trug meistens einen hellfarbenen, leichten Mantel und sorgfältig geglänzte Schuhe. Aus purer Abneigung gegen ein nur dem Nützlichen gewidmetes Denken schien er oft einen Wartenden in sein Büro mitzunehmen, um ihn bald darauf von dort als einen probeweise Beschäftigten in die Halle zu schicken. Freilich zum Ärger von Herrn Klingler.

Wir boten uns gegenseitig Zigaretten und Feuer an, schlugen uns auf die Schulter und gingen an den bebenden Hallen entlang in Richtung Magazin und stellten uns an, um uns Bier und Schnäpse zu kaufen. Diese Gänge zum Magazin dienten nicht zuletzt dazu, sich zu zeigen und Zeichen von Sympathie auszuteilen. Eine erhobene Hand, ein Lachen, ein Kopfnicken waren oft schnell zu haben. Die entlang der Lagerzufahrt auf großflächigen und hoch aufgeschlichteten Stahlmatten werkenden Eisenbieger, die aus verschiedenen Landschaften Jugoslawiens stammten, waren besonders freundlich. Unter ihnen gab es Leute, die einem schon von weitem zuwinkten und lachten. Keines von diesen fröhlichen und munteren Gesichtern ließ ich mir entgehen. Voll Enthusiasmus suchte ich nach diesen Gesichtern und nutzte jede nur erdenkliche Gelegenheit, um sie von der Arbeit aufzuschrecken.

Ich war längst nicht mehr nur wegen der Arbeit da. Diese war mir nützlich gewesen, um auf die Beine zu kommen und meinen Verstand von Irrtümern zu befreien. Aus nichts als Spaß an der Bewegung oder zum Zeitvertreib oder aus Mitgefühl für eine schuftende Existenz brach ich manchmal ein Gespräch ab, stülpte mir Lederhandschuhe über die Hände, langte nach irgendwelchen Eisenteilen und setzte eine quietschende oder surrende Maschine in Betrieb und ließ mich eine Weile gehen. Dieses selbstlose Gehetze, das mich Tag für Tag umgab, war mir nicht fremd. Das war ja auch mir einmal beigebracht worden. Ohne Erfolg freilich, denn ich spielte jetzt nur noch damit und gewann obendrein selbst von diesen, die sich mit bitteren Blicken eifrig ihrem Geschick fügten, hin und wieder ein anerkennendes Lächeln. Dafür schuftete ich.

Ich ging davon aus, daß ihm sein Aufenthalt in Deutschland in Erinnerung bleiben würde. Ich wollte ihm zeigen, daß er für mich ein Mensch war wie alle anderen. Und zwar handelte es sich um einen jungen Mann, der aus einem Land ge-

kommen war, von dem ich nur aus Erzählungen, Lichtbildervorträgen und durch den Geschichtsunterricht eine Vorstellung hatte. Da er in Deutschland ohnehin nie etwas zu sagen gehabt hätte und selbst von den Arbeitern als minderwertig angesehen und deshalb für die übelsten Beschäftigungen verwendet wurde, gab er sich nicht die geringste Mühe, auch nur ein Wort Deutsch zu lernen. Was jedoch nicht hieß, daß er nichts verstand. Aus Schlauheit und um sich vor Partieführern und Wichtigmachern zu schützen, blieb er stumm und sah sich mit höhnischen Augen nach einem Unterlegenen um. Der Ekel, die hunderterlei Gemeinheiten, die er Tag für Tag hinnehmen mußte, und das Bewußtsein, daß ihm Unrecht getan wurde, hatten seinen Blick geschärft. Augen, die für gewöhnlich unterwürfig blieben, erfüllten sich plötzlich mit dem abscheulichsten Hohn und Haß. In meinem Glück verstand ich zuerst überhaupt nicht, warum er glaubte, in mir seinen zuverlässigsten Untergebenen gefunden zu haben. Aber es bestand kein Zweifel. Sobald ich in seine Nähe kam, gönnte er sich ein höhnisches Grinsen. Dieses herablassende Geschau einer zu lebenslänglicher Erbärmlichkeit verurteilten Existenz machte mich außerordentlich betroffen.
Leider konnte ich ihn also nicht fragen, was er und seine Landsleute von uns dachten. Er und seine Landsleute, die man alle zusammen in einer Baracke untergebracht hatte, waren den verschie-

densten Partien zugeteilt, verrichteten die idiotischsten Handlangerdienste und genossen dank bestimmter Zeitungen den Ruf, daß sie in einem fort Messer aus den Taschen ziehen und mit diesen Messern zustechen.
Ihm selbst war alles fremd.
Er stand der Industriearbeit noch so natürlich gegenüber, daß ich dieser Natürlichkeit zuliebe oft zu ihm hinging, um ein ihm entfallenes Werkzeug oder einen anderen Gegenstand vom Boden aufzuheben.

Dieser ungeheure Schwung, der da jeden Morgen ausbrach, den Boden unter den Füßen zum Vibrieren und jeden natürlichen Laut zum Verstummen brachte. Es wirkte dann kaum etwas ohnmächtiger und lächerlicher als ein völlig umsonst in die Luft zwitschernder Vogel.

Wir brachen in Gelächter aus, rissen unsere Plastikhelme von den Köpfen und warfen sie auf den Boden. Alles um uns herum kam uns irrsinnig vor. Das mag an der jetzt immer früher aufgehenden Sonne gelegen haben. Es hieß, daß nun alles von den Holländern abhängen würde. Es sei wichtig, daß die Holländer beeindruckt seien! Alles, was nur irgendwie nach Schlamperei aussah, mußte verschwinden. Es hieß, daß ein Großauftrag vor Vertragsabschluß stehe.

Was natürlich den ganzen Betrieb in Bewegung versetzte. Jeder Vorarbeiter, jeder Partieführer, Ingenieure, Zeichner und Sekretäre rannten und gaben Anweisungen, die sich häufig widersprachen. Das kümmerte die mit der Betriebsführung Betrauten jedoch wenig. In den meisten Fällen waren sie längst davongeschritten und erachteten, selbst wenn sie einen offensichtlich unausführbaren Auftrag zurückließen, die Angelegenheit schon durch ihr bloßes Erscheinen als geregelt. Sie waren von ihrer Mission so überzeugt und sicher, daß selbst die Tatsache, daß viele Schalungen umgebaut und damit zusammenhängende Produktionsvorgänge wiederholt werden mußten, ihnen nichts anhaben konnte. Auch wenn sie nur Hindernisse schufen und dem Unternehmen schadeten, glaubten sie ganz fest daran, daß sie unentbehrlich waren. Auch ein Mensch wie Anton Stirner, der sich oft, bevor er ihnen die Arbeit anschaffte, von seinen Untergebenen einen Plan erst erklären lassen mußte, war von seiner Aufgabe als Vorgesetzter überzeugt. Anhand solcher Existenzen wurde überdeutlich, daß Idiotie und Lächerlichkeit über uns bestimmten.

Es gab eine Geschichte, die mir Hermann mehrmals und mit Freuden erzählte. Und zwar mußte einmal in einem Nebenraum von Heldrichs Büro ein neuer Boden eingezogen werden. Eine Arbeit, die man gewiß niemandem allzu lange erläutern

mußte. Und schon gar nicht dem Zimmermann Hinzig, der einer der tüchtigsten und zugleich wortkargsten Arbeiter des Betriebes war und in seinem Leben schon mehrere tausend Fußböden eingezogen hatte. Nun mußte hier jedoch neben Heldrichs Büro der Boden erneuert werden. Und das ließ sich Stirner, den Heldrich wegen seiner Geschwätzigkeit nicht sonderlich schätzte, nicht entgehen. Mit übertrieben lauter Stimme soll Stirner in diesem Nebenraum herumgeredet und dem Zimmermann Hinzig jedes Einschlagen eines Nagels und jedes Abschneiden eines Brettes erklärt haben, um durch die Wand auf Heldrich Eindruck zu machen. Was Hermann an dieser Fußbodeneinziehepisode besonders zu gefallen schien, war, daß der ganz und gar wortkarge Hinzig Stirner beinahe ums Leben gebracht hätte.
Dieser Stirner war von allen Spähern und Schwätzern die erbärmlichste und sklavenhafteste Existenz. Beim Nichtarbeiten von Herrn Klingler ertappt zu werden, schien weniger gefürchtet zu sein, als wenn plötzlich Stirner an einem vorbeihuschte. Selbst Karl Schärdinger, der oft ungeschützt in heldenhafter Ruhe irgendwo im Freien stand und mir von Dingen sprach, die er für unsinnig hielt, brach fast jedesmal, wenn Stirner plötzlich aus einer Werkstatt schnellte oder sich rasch über einen Platz näherte, seine Erklärungen ab und täuschte für einige Minuten Arbeit vor.

Es roch ein wenig nach Untergang.
Wer noch nicht so abgestumpft war, daß er die Augen nicht mehr zu öffnen vermochte, mußte wahrnehmen, daß sich Aufregung in den Gemütern unserer Anführer breitgemacht hatte. Sie gingen auf einmal viel schneller und kamen von überall hervor. Nicht wenige von ihnen hatten sich zuvor in Hütten und provisorisch eingerichteten Büros aufgehalten. Und auf einmal rannten sie auf dem Gelände herum und sprachen davon, daß ein Großauftrag vor Vertragsabschluß stehe. Die Wichtigsten und Zuverlässigsten von ihnen hatten sich natürlich heimlich versammelt und besprochen. Die Wichtigsten und Eingeweihtesten wußten natürlich, was die Ankunft der holländischen Delegation tatsächlich zu bedeuten hatte. Wahrscheinlich bewarben sie sich bereits bei anderen Unternehmen, um nicht plötzlich mit leeren Händen und ohne führende Position dazustehen.
Auch unter den Arbeitern breitete sich Besorgnis aus. Nur wenn er betrunken war, sprach Alfons Zaltik noch von einer bevorstehenden Betriebsratswahl, aber sobald die Wirkung des Alkohols nachließ, mahnte er, daß es an der Zeit sei, sich nach einer anderen Firma umzusehen. Das war jedoch nicht mehr so einfach, denn zahlreiche Unternehmen waren bereits stillgelegt und aufgelöst worden. Dafür gab es einige Neugründungen. Firmen, die nichts erzeugten. Firmen, die Arbeitsuchende zu niedrigen Löhnen aufnah-

men und sie nach Bedarf und Nachfrage an tatsächlich irgendwelche Güter produzierende Betriebe weitervermieteten. Auch das Unternehmen Heldrich bediente sich gelegentlich einer dieser Einrichtungen, deren Existenz unter den Betriebszugehörigen zwar Mißachtung hervorrief, aber Eile und Verwirrung und das Bangen vor einer plötzlichen Entlassung waren so groß, daß nichts dagegen unternommen wurde. Auf einen Zwischenhandel mehr oder weniger kam es schließlich auch nicht mehr an.

Einmal kam Stirner in die Werkstatt gerannt und schrie mich durch das Gedröhne der Betonrüttler an, daß ich zu ihm ins Vorarbeiterbüro kommen sollte.
Es handelte sich um ein Ferngespräch.
Danach ging ich und suchte als ersten meinen Bruder und kippte mit ihm im Magazin einige Gläser Schnaps.
Und am Abend spendierte ich reichlich Bier.
Der Anlaß dazu besagte freilich nicht viel und wurde auch stillschweigend übergangen.
Ein Gedichteschreiber eben.
Was jedoch aufhorchen ließ, war das Geld, das mir als Förderungspreis überreicht werden sollte.
Aber selbst das war rasch vergessen, da die Summe kaum zwei Drittel des Monatslohnes eines Akkordarbeiters ausmachte. Also hockten

wir einfach da, tranken Bier und redeten von uns. Karl Schärdinger von seiner Lehrzeit bei einem Schmied im unteren Inntal, dessen Fußtritte er bis ans Lebensende nicht vergessen werde. Und Werner Strauch von einer ganz im Südosten von Österreich gelegenen Landschaft, in der er schon als Kind Bauernarbeit verrichtet hatte und später zum Sozialisten und Kämpfer geworden war. Und ich von der Zeit, als ich das ehrfürchtige Aufschauen gelernt hatte.
Wir waren inzwischen längst zu Freunden geworden und gingen nicht mehr gegeneinander vor.

Und für einige Tage also kein Barackenlager, kein Staub und kein Gedröhne und kein von einer Münchner Großküche lauwarm zugestelltes und bis in den späten Nachmittag hinein schwer im Magen liegendes Mittagessen und natürlich keine Stechuhr, sondern auf das Kulturschaffen bezogene, tiefsinnig gehaltene Ansprachen vor einem in sich gekehrten Publikum und im Beisein von Photographen und Journalisten.
Und schließlich die Würdigung meiner Gedichte mit nachfolgender Leseprobe und darauffolgendem Applaus.
Und schon ist alles anders: die Gesichter wohlwollend, und mir bislang unbekannte Menschen nennen mich vertraulich *Hans Peter* oder überhaupt nur *Hans,* während andere mich ehrfürchtig mit *Herr Lambrecht* adressieren und auffallend viel Interesse an mir bekunden. Und ich ge-

rate unversehens in einen abscheulichen Taumel, gebe bereitwillig Auskunft über Mühen und Nöte eines jungen Poeten und lasse mich bald da, bald dort photographieren und schrecke auch vor offensichtlich heuchlerischen Verbrüderungen nicht zurück, nehme wahllos Lob und Schmeicheleien entgegen und halte zum Beklopfen geduldig die Schulter hin und ärgere mich über meine Freunde, die der Huldigung reserviert gegenüberstehen und sich bald über den einen oder anderen wohlgemeinten Spruch hermachen und schließlich auch über meine Gedichte, die ich entgegen unserer Vereinbarung den Freunden absichtlich nicht zur Begutachtung vorgelegt hatte. Und die hielten sich auch in keiner Weise an unser mühsam gemeinsam erarbeitetes Konzept, sondern waren tatsächlich der Ausdruck von Hans Peter Lambrecht. Ich glaubte es zumindest und ließ es mir vom Vorsitzenden der Jury gern bestätigen, daß ich mich nur ganz entfernt stilistischer Anleihen bedient hätte. *Ein mutiger, selbständiger Bursche, der uns vorführt, was ein einzelner auszurichten vermag.*

Derlei Worte machten mich natürlich hochmütig und gleichgültig gegenüber Bedenken und Kritik von seiten der Freunde. *Zuviel Verzweiflung, in keiner Weise kämpferisch, verräterisch liebliche Stimmungsmalerei und für literarisch Ungebildete unverständlich,* urteilte Fritz Kremser, der Theoretiker und wohl auch Anführer unserer kleinen Gruppe, gegen den ich insgeheim schon

lange Zweifel hegte, daß er seine spontan anmutenden Auftritte in der Öffentlichkeit gut durchdachte und geschickt inszenierte.
Ich lachte ihn aus und nannte ihn kurzerhand einen elenden Schmarotzer.
Auch Herbert Takuner gegenüber gab ich mich schroff. Ungern und nur im stillen gestand ich mir ein, daß er einmal viel Zeit und Mühen auf sich genommen hatte, um mich aus trübsinnigen und nur noch um Selbstmordvorhaben kreisenden Gedanken aufzuscheuchen.
Die Erinnerung daran war mir lästig.
Ich wich ihm nach Möglichkeit aus und fing an, ekelhaften Charakteren beschönigende Züge anzudichten. Einer lieblich lächelnden Frau zuliebe redete ich dummes Zeug und ließ mich zu noch blöderen Gedanken verleiten und fand mich zum Abschluß zu einem nachmittäglichen Besuch bei ihr ein, gab sanfte Reden zum besten und schalt mich heimlich einen Narren und schlechten Kenner meiner selbst.
Ja, ich erwachte allmählich aus meinem Taumel und begann schließlich von meinen Erfahrungen mit den Arbeitern zu erzählen. Gegen die Sympathie für sie richteten selbst die wohlwollendsten Zeitungsartikel nichts aus.
Und Takuner und ich wurden wieder Freunde.
Spät am Abend ging ich und klopfte an die Tür von Kathja, die mit den Takuners im selben Haus wohnte. Ich hätte natürlich auch früh am Abend zu ihr gehen oder sie wenigstens begrüßen kön-

nen, aber ich wartete, bis es spät geworden war. Ich befürchtete wahrscheinlich, daß wir uns schon nach einigen Sätzen nichts mehr zu sagen haben würden. Alles, was mich begeisterte, bedeutete für sie nichts. Ich wiederum konnte mit ihren Ängsten nichts anfangen. Ich hatte ihr nicht ein einziges Mal geschrieben und sie auch mir nicht. Nur zum Miteinander-Schlafen trafen wir uns noch, wenn sich dazu eine Gelegenheit bot.

Sie saß, an einem Bleistift nagend, am Tisch über einem fast fertigen Frauenporträt und lächelte.

Die nur mit den notwendigsten Möbeln eingerichtete Wohnung war wie immer schrecklich sauber aufgeräumt. Es war ihr erster Versuch, von ihren Eltern getrennt zu leben. Sie verdiente sich ihren Lebensunterhalt als Sekretärin, ging nur ganz selten aus, ernährte sich bescheiden und widmete beinahe zur Gänze ihre Freizeit einem Fernstudium, um die Matura nachzuholen. Und wenn sie das Lernen überhaupt nicht freute, zeichnete sie von irgendwelchen Insekten bedrohte Frauengesichter. Sie war unzufrieden mit sich selber und klagte oft, daß sie nicht wisse, was sie eigentlich wolle. Sie habe noch nichts gefunden, was sie wirklich fasziniere.

Sie schrieb es zum Teil dem Elternhaus zu, in dem es während ihres Aufwachsens lediglich um das Beschaffen materieller Notwendigkeiten gegangen sei. Weder die Mutter noch der Vater seien dabei glücklich geworden. Und diesem

Trott wollte sie nun entfliehen, worum ich sie freilich nicht beneidete.
Es war wie immer ziemlich still bei ihr in der Wohnung. Kathja sprach wenig und saß einfach da. Und ich saß ebenfalls nur da, rauchte eine Zigarette um die andere, erzählte von meinen Erlebnissen der letzten Tage und ergriff schließlich ihre Hand, aber Kathja wehrte ab. Als ich mich dann lange nicht anschickte, ihre Wohnung zu verlassen, erklärte sie streng und nüchtern, ich könne bei ihr übernachten, aber sonst nichts.
Das meine sie wirklich, fügte sie hinzu.
Ich war darüber nicht wenig erstaunt, denn ich hatte sie anders in Erinnerung. Nie hatte sie nein gesagt, und nie war es ihr zuviel gewesen, und jetzt will sie sich auf einmal ins Gegenteil verwandelt haben?
Das machte mich natürlich neugierig und geil. Ich hielt mich ziemlich lange zurück und unternahm absichtlich keinen Versuch, auf die reglos neben mir liegende Kathja einzureden, geschweige denn sie anzurühren. Hast dich lange genug an der Nase herumführen lassen und nicht begriffen, wozu dieses verdammte Nein sein soll. Erzeugt wahrscheinlich einen ganz besonderen Reiz, in einem fort nein zu sagen und sich schließlich willig-widerwillig zu ergeben, gesetzt den Fall, der Narr ist anständig genug und gibt nicht schon nach einigen Proben auf. Sind freilich nicht alle so spaßig. Gibt auch welche, die wortwörtlich verstanden werden wollen. Lieber

jedoch waren mir die anderen, die mich mit allerlei Zweideutigkeiten zu traktieren versuchten, wobei es mir natürlich leid tat, daß ich diesen Spielen nicht schon viel früher auf den Leim gegangen war, denn so manche liebe Lügnerin war mir somit entwischt.

Und daß nun auch Kathja, die eigentlich aus dem, was sie meinte, keinen Hehl machte, sich solcher Mittel zu bedienen anfing, war mir neu und gefiel mir. Sie wollte eben nicht und wartete mit angehaltenem Atem, bis sie auf ihrer Haut Fingerspitzen verspürte, die ärgerlich zaudernd über ihren Körper tasteten und scheinbar absichtlich ziellos herumirrten, wo sie doch längst stumm dalag, sich nicht wehrte und sogar ihre langen Beine auseinandergleiten ließ.

Aber sie gab nicht auf. So sehr ich mich auch bemühte, sie umzustimmen und zu einem winzigen Widerruf zu bewegen, sie gab keinen Laut von sich, sondern lag einfach da und wartete, bis schließlich dieses verdammte Ding in ihren Schoß geschoben würde. Aber selbst dann, als das geschah, verhielt sie sich still und behielt alles Empfinden für sich. Das machte mich ganz wild.

Das gibt's doch nicht, daß sie nicht endlich ihr Schweigen bricht. Sie kann doch nicht einfach nur daliegen. Das hat sie doch früher nicht getan. Im Gegenteil, ungeduldig war sie und allerlei Befehle hat sie mir erteilt.

Aber nichts, kein Stöhnen, nichts.

In der Früh bestritt sie prompt, Lust verspürt zu

haben. Sie habe alles nur über sich ergehen lassen, da sie sonst keine Ruhe vor mir gehabt hätte, worauf es mir aber wirklich leid tat, daß sich unsere Wege schon innerhalb weniger Minuten trennten. Ich hätte tatsächlich viel Spaß daran gehabt, sie noch einmal nicht in Ruhe zu lassen, aber sie war schon spät dran und hatte es eilig, ins Büro zu kommen.

Ich wurde bald darauf von Daniel Gössing abgeholt. Daniel Gössing war ein guter Bekannter von Takuner und mir und Mitbegründer unserer Literaturgruppe, er hatte von den Preisrichtern ebenfalls ein kleines Förderungsstipendium zugesprochen bekommen und mitansehen müssen, wie sich plötzlich alle nur noch für Hans Peter Lambrecht interessierten, was ich in meinem Taumel natürlich nicht bemerkt hatte. Daniel Gössing stammte aus einer Familie, die vielleicht nie reich gewesen war, die jedoch unter den wohlhabenden Kreisen einen durchaus beachtenswerten Platz einnahm und sowohl zu Inhabern von größeren Unternehmen als auch zu leitenden Beamten, Politikern, Wissenschaftlern und kirchlichen Würdenträgern Verbindungen pflegte. Er hatte sich oft den Zielen der Familie widersetzt und war schon im Vorschulalter ausgerissen. Er kannte sich unter den Leuten, von denen ich mir im Beisein von Photographen und Journalisten auf die Schulter hatte klopfen lassen, gut aus und sprach davon, daß ich mit

Sicherheit Erfolg haben würde. Daniel Gössing stand den zu den Unterschichten gehörenden Menschen wohlwollend gegenüber und freute sich, wenn hin und wieder ein kritischer Geist aus ihnen hervorging.
Womit er sich freilich weniger anfreunden konnte, war meine plötzlich zutage gekommene Gefallsucht und damit verbunden ein unleugbarer Hang zum Großsprecherischen. Hatte er mich als einen eher zurückhaltenden, besonnenen und schweigsamen Menschen in Erinnerung, so kam auf einmal ein aufgeregt plauderndes Bürschchen zum Vorschein, das sich im Besitz wichtiger Ideen wähnte und sich unverhohlen einen selbständig denkenden und handelnden Menschen nannte. Mit dieser Verwandlung war Gössing freilich nicht ganz einverstanden, da ich in seinen Augen doch noch seines geistigen Schutzes bedurfte.
Aber das war nicht mein Problem.
Tatsache war vielmehr, daß Daniel Gössing selber zur Literatur ein sehr zwiespältiges Verhältnis hatte und in einem fort Zweifel gegen sich selber hegte, sodaß aus seinen bereits mehr als ein Jahrzehnt dauernden Bemühungen nie eine umfangreichere, zusammenhängende und abgeschlossene Arbeit hervorgegangen war. Mit diesem Dilemma war er freilich nicht allein. Ein ganzes Heer von Leuten versuchte um jeden Preis, sich der Öffentlichkeit anzuvertrauen, und wollte obendrein auch noch den Anspruch auf Origina-

lität durchsetzen. Zu allem Überfluß war auch noch von bestimmten Wichtigmachern eine lange Diskussion entfacht worden, die hauptsächlich dazu diente, viele ohnehin ganz und gar unsicher gewordene Menschen vollends zu entmutigen. Betrieben wurde diese Art von Literaturniedermacherei vielfach von Leuten, die zu den wichtigsten Zeitungen, Radio- und Fernsehstationen, Parteien und Gewerkschaften gute Kontakte hatten und deshalb mühelos ihre nur als Theorien existierenden Ansichten verbreiten konnten. Und alles, was ihnen an Formen und Darstellungsweisen zu mühsam vorkam, erklärten sie in beinahe spielerischer Manie für tot.

Daniel Gössing, der anschließend in Richtung Bodensee weiterfuhr, war von der Trostlosigkeit des Barackenlagers betroffen. Ich zeigte ihm meine Vorarbeiterkoje und machte ihn flüchtig mit Werner Strauch und Karl Schärdinger bekannt. Fünf Minuten später war der ganze Spuk vorüber. Ich hockte an unserem Tisch, schaute durchs offene Fenster über den Acker hin und empfand nichts als eine ungeheure Ruhe. Schärdinger ging zwischen Kühlschrank und Tisch hin und her und legte eine Zwiebelrübe und Brot auf ein Schneidbrett und holte von einer als Bücherregal gedachten Vorrichtung einen Teller und Besteck. Mit seiner blauen Schildkappe auf dem Kopf und in seinem verschmierten Arbeitsanzug setzte er sich an den Tisch, schälte und schnitt die Zwiebel in Scheiben und machte anschließend eine Dose Thunfisch auf. Thunfisch mit Zwiebelscheiben war sein häufigstes Abendessen.

Es wäre natürlich gesünder, billiger und sinnvoller gewesen, am Sonntagabend daheim zu bleiben, aber das schaffte ich nicht. Mein Zimmer, in das ich mich tagsüber immer wieder für einige Stunden zurückzog und las, war so verflucht klein, daß mich auch das fesselndste Buch nicht länger in ihm zu halten vermochte. Und in der Küche herrschte an den Sonntagabenden immer bedrückendes Schweigen. G. Lambrecht zog sich stumm in das Stübchen von nebenan zurück, während die Mutter heraußen mit dem Gesicht zur Wanduhr am Küchentisch saß und auf das Heimkommen von Hermann wartete, der irgendwo in einem Wirtshaus hockte und es überhaupt nicht eilig hatte. Und mir fiel schließlich auch nichts anderes ein, als noch in den Einheimischenkeller zu gehen. Es war das einzige Lokal, in dem ich meine Gesinnung nicht verbergen mußte, und wohl auch der einzige Ort, wo die Einheimischen noch nicht ganz von den Touristen verdrängt worden waren. Dort gab es noch alte Tische und Bänke und noch keinen großen Saal und noch nicht dieses vereinzelte Herumhocken, sondern Leute, die einen anredeten und einem einen Platz anboten.
Im Einheimischenkeller war am Sonntagabend

immer der Bauarbeiter Hans Kaltenbeck anzutreffen, mit dem ich mich etliche Monate wegen der längst verblaßten Studentenunruhen gestritten und dem ich klarzumachen versucht hatte, daß ja ohnehin nur ein geringer Teil der Studenten gegen die bestehenden Machtverhältnisse kämpfe und daß sie wiederum so ziemlich die einzigen seien, die sich für sein Leben interessierten.

Aber über diese vermeintlichen Feinde verlor er jetzt kein Wort mehr. Jetzt schimpfte er, daß er vierzig Stunden in der Woche im Dreck stehe, Staub schlucke und schon mehr als zehn Jahre in Barackenlagern verbracht habe, und auf einmal schaue es aus, als müsse er froh sein, überhaupt arbeiten zu dürfen. Hans Kaltenbeck fuhr nämlich ebenfalls Woche für Woche nach München zu einer Firma, der es an Aufträgen mangelte und die nun laufend Leute entließ. Besonders ärgerte ihn, daß in den Zeitungen nur noch von Arbeitsplätzen die Rede war. Die sollten doch endlich einmal schreiben, »wie es wirklich ist«. Er meinte damit sein auf Baustellen zugebrachtes Leben. Er fluchte auf den kommenden Tag und bestellte Bier um Bier, so wie auch ich Bier um Bier bestellte und nicht ans Heimgehen dachte. Ohne daß wir darüber sprachen, dachten wir im stillen beide, daß es weniger mühsam sei, auf diese Weise die Zeit bis zur Abfahrt hinzubringen.

In den Häusern, in denen Arbeiter wohnten und

sich zum Aufbruch anschickten, brannten Lichter, als wir endlich den Heimweg antraten.
Und dann rasch eine Tasse Tee, die notwendigsten Sachen packen, ins Auto und weg. Alfons Zaltik von seinem Haus abholen. Peter Liebmann, der zuvor noch fünfzehn Kilometer mit dem Bus zu fahren hatte, von einer Haltestelle abholen. Thaler von seinem Haus abholen, und weiter, zuerst auf einer Schnellstraße und dann lange in Kurven und Serpentinen hinauf auf den Paß und vor und hinter uns nur mit Arbeitern besetzte Autos. Eine fahrende Legion von Männern, die wenig redeten und einfach zupackten, wo es etwas mehr als gewöhnlich zu verdienen gab, gleichgültig wie elend sie auch hausten und welche Entbehrungen sie hinnehmen mußten, Männer, die nur selten einer Gewerkschaft angehörten und sich überall heraushielten. Freilich waren diese Montagmorgenfahrten für keinen lustig. Verliefen schon jene vom Freitag nachmittag immer gleich uninteressant – aber man konnte sich wenigstens mit Zeitunglesen die Zeit vertreiben, und man hatte das arbeitsfreie Wochenende vor sich –, so boten die Fahrten am Montag in der Früh überhaupt keine Abwechslung. Wegen der vielen Kurven konnte man nicht einmal schlafen, sondern nur blödsinnig dahocken und warten, bis Thaler, der von der Grenze an am Steuer saß, den Wagen durch die Einfahrt lenkte und vor den Bürogebäuden anhielt. Und dann heraus und in die Baracken, um-

kleiden und, wenn noch Zeit war, vielleicht noch eine Schale Kaffee oder ganz einfach nichts und so rasch wie möglich dem Lärm entgegen zur Stempeluhr, die jetzt unabhängig von den Vorarbeitern und Partieführern von einem Büroangestellten beaufsichtigt wurde, was freilich den Untergang der Firma auch nicht mehr aufzuhalten vermochte.

Während etlicher Monate waren wir ohne Fernsehen ausgekommen. Während etlicher Monate wußten wir uns selber zu unterhalten. Wenn ich jetzt abends zu unserer Baracke zurückging, war nach dem Eintritt oft mein erster Handgriff, daß ich den Fernsehapparat einschaltete. In Strauchs und Schärdingers Koje stand nämlich ein solches Ding. Ich wußte, daß es dumm war und daß Schärdinger bei seinem Eintritt verständnislos den Kopf schütteln und zu schimpfen anfangen würde, aber ich ging dennoch hin, schaltete ein und sah mir den größten Unsinn an Western und Reklamesendungen an. Das kam von den Wiederholungen, die uns Tag für Tag kreuzigten. Einziges Mittel dagegen: aufstehen und weggehen! So dachte ich jedenfalls in der Früh. Das kam vom Tageslicht und der nach Tau riechenden Luft.

Gelöst war freilich nichts.
Im Gegenteil, die wenigen Jahre der Zuversicht waren zu Ende. In der Früh aus dem Bett, in die Kleider, frühstücken und hinaus. Das funktionierte nun noch viel besser, da niemand von uns wußte, wer als nächster ins Büro gerufen und mit einer Kündigung in der Tasche wieder herauskommen würde. Zugleich wurden in einem fort Arbeitsuchende aufgenommen. Und auch die Taglöhner der Arbeiterverleihfirmen wurden auffallend mehr. Da die Anzahl der freien oder noch nicht frei gewordenen Stellen in den umliegenden Betrieben sehr begrenzt war, taten sich kleine Gruppen zusammen, sprachen sich heimlich ab und machten sich ebenso heimlich früh am Abend auf den Weg. Diese Verhaltensweisen waren durchaus zeitgemäß. Sie waren nicht nur unter Arbeitern, Bauern, Funktionären und Gewerbetreibenden anzutreffen. Sie waren überall, in allen Bereichen der Gesellschaft beheimatet. Ich maß diesen Erscheinungen keine besondere Bedeutung bei. Allgemein übliche Verhaltensweisen beeindruckten mich nicht.
Ich gestattete mir noch einige erholsame Tage, indem ich mit Karl Schärdinger an einem undurchführbaren Auftrag arbeitete. Es handelte sich um eine Arbeit, die uns von einem der ersten Ingenieure angeschafft wurde, der von sich und seinen Fähigkeiten so überzeugt war, daß er es sich leisten konnte, über physikalische Gesetzmäßigkeiten hinwegzugehen. Da wir zu schwach

waren und auch keinerlei Lust verspürten, dem Ingenieur zuliebe, der sich vom Gymnasium und anschließenden Hochschulstudium rasch zu einer befehlenden Existenz durchgeschlängelt hatte, halbe Wunder zu vollbringen, taten wir natürlich nichts. Es war recht warm, und wir hatten den ganzen Tag Sonne.
Jetzt war auch die Zeit, die Abende im Freien zu verbringen. Es waren diese Abende, von denen mir Hermann, der wegen seiner Schweigsamkeit bei den nichtdeutschsprachigen Arbeitern recht beliebt war, manchmal erzählte. Abende, die sich während der warmen Jahreszeiten häufig ergaben. Anlaß dazu konnten der Abgang eines Kollegen, die Geburt eines Kindes, eine Verlobung oder das Bedürfnis nach Freundschaft sein. Während des Tages das ganze Jahr hindurch ähnlichen Bedingungen unterworfen und dennoch auf das unsinnigste voneinander getrennt, durch Länder, Sprachen und vor allem durch deutlich unterschiedliche Entlohnung. Und am Abend wird Holz übereinandergelegt und angezündet. Es bedurfte nur einiger sympathischer Gesichter, und es kamen bald weitere hinzu. Veranstaltet wurden diese Abende immer von den Benachteiligten, die ständig Angst hatten, daß ihnen die Aufenthaltsbewilligung entzogen werden könnte. Sie hatten noch Sinn für Geselligkeit und Gastfreundschaft. Unabhängig davon, was sie tagsüber an Erniedrigungen über sich ergehen lassen mußten, gaben sie sich am

Abend großzügig, boten Wein, Bier, Brote und scharf gewürzte Fleischstücke an, lachten und prosteten einander zu.

Am Freitag nur noch Werkzeug zusammensuchen und abgeben, die Koje ausräumen, auf dem Gelände umhergehen, Schnäpse spendieren und Hände schütteln. Es gab niemanden, den ich haßte. Wohlmeinend und trotz offensichtlichem Untergang des gesamten Unternehmens noch voller Hoffnung, sprach Heldrich lange auf mich ein und riet mir, ich sollte mich selbständig machen und einen Betrieb gründen. Ich hörte ihm zu und versprach ihm, daß ich darüber nachdenken würde. Es war mir gewiß nicht gleichgültig, daß er, seinen Idealen treu, voller Zuversicht einem Sturz entgegengehen mußte. Zum Schluß verabschiedete ich mich noch flüchtig von Werner Strauch und knöpfte ihm das Buch ab, für das er sich einmal einen ganzen Abend lang begeistert hatte. Es war eine Erzählung des algerischen Schriftstellers Albert Camus, über den wir oft gesprochen und von dem er danach noch andere Bücher gelesen hatte, nicht ohne Mühe und Ärger, denn es waren Schriften darunter, die fast zur Gänze auf Handlung verzichteten und sich dadurch einem unbefangenen und nicht gebildeten Leser entzogen. Aber die Erzählung *Der Fremde,* die er nach den ersten Seiten, weil ihm der Anfang so nichtssagend und normal wie sein eigenes Leben vorgekommen sei, weggelegt und in der er nur wegen der Wochenendtrostlosigkeit weitergelesen und schließlich nicht mehr habe aufhören können, hatte ganz plötzlich in ihm Interesse für die Literatur geweckt. Dadurch war diese Erzählung auch für mich auf einmal wieder wertvoll geworden.

Ich ließ mich ein Stück in die Stadt mitnehmen, stieg an einer von Hochhäusern umgebenen Straßenbahnhaltestelle aus und blieb lange unbeweglich stehen. Straßenlärm und das Gehetze der Menschen konnten mir nichts mehr anhaben. Häßlich und einfallslos gestaltete Gebäude und Anlagen erschreckten mich nicht mehr. Erst jetzt fiel mir wieder ein, daß ich mir vorgenommen hatte, während meines Aufenthalts München kennenzulernen. Ich hatte darauf vergessen und bereute es auch keinen Augenblick. Nachdem ich mir zu den Existenzbedingungen der Tag für Tag der Arbeit unterworfenen Menschen Zugang und Kenntnis verschafft hatte, fing ich nach langem auch wieder an, mich für Kultur zu unteressieren. Auf dem Weg zum Bahnhof suchte ich mehrere Buchhandlungen auf und stöberte nach mir unbekannten Autoren. Nach vielen Jahren hatte ich endlich wieder selber verdientes Geld in der Tasche, noch dazu deutsches, das mir ungewohnt war und mich ein wenig mißtrauisch stimmte. Ich gab auch gleich eine Menge davon aus und ließ zwei Plastiksäcke mit Büchern und Zeitschriften füllen.

Der Tag warm und sonnig. Ich ging absichtlich

so langsam wie möglich durch belebte Straßen und probierte aus, ob meine Ruhe Bestand haben würde. Es blieb dabei. Selbst das Betreten des Bahnhofs änderte nichts. Früher hatte ich Bahnhöfe gefürchtet und war nach Möglichkeit vor ihnen geflohen. Jetzt war es anders. Jetzt fühlte ich mich geborgen und hielt mich viel länger als notwendig dort auf und versuchte, das viele Leid und Elend zu ermessen, das diese äußerlich noch immer gleich abstoßende, schmutzige und schmucklose Stätte schon passiert war. Hier hätte ich mich gern mit Bankiers, Politikern und Wissenschaftlern getroffen. Es hätte mir gefallen, mit ihnen auf dem Bahnhofsgelände umherzugehen, den Gestank billigster und längst verbrauchter heißer Speisefette einzuatmen und in den erbärmlichsten und unfreundlichsten Kneipen unter Gastarbeitern Wohlstand und Fortschritt zu feiern.

Am Abend fuhr ich zu Herbert und Heidi Takuner.

Da unsere letzte und von hunderterlei Aufregungen begleitete Zusammenkunft bereits mehrere Monate zurücklag, dauerte es diesmal besonders lange. Und natürlich war es wieder so, daß Takuner und ich uns eine Menge Dinge zu sagen hatten, sodaß Heidi kaum zu Wort kam und uns schließlich alleinließ, was auch damit zu tun hatte, daß sie berufstätig war und am nächsten Tag schon um sechs Uhr aufstehen mußte. Aber der eigentliche Grund, warum sie sich zurückzog, war wohl, daß sie zur Genüge wußte, daß wir bis spät in die Nacht hinein von ihr unzugänglichen Theorien reden würden. Herbert Takuner war nach wie vor ein unermüdlicher Denker und Entdecker und geduldiger Leser schwieriger Bücher und eifriger Verfechter fortschrittlicher Ideen und Anhänger experimenteller Kunst; vor allem konnte er sich für Theaterstücke begeistern, deren Figuren oft nur noch aus einem Kopf oder einer Hand bestanden und irgendwelche Alltäglichkeiten vor sich hinsagten, wogegen ihn neuere realistische Stücke, deren Autoren sich vorwiegend um das Aufzeigen konkreter gesellschaftlicher Mißstände in den Unterschichten bemühten, geradezu langweilten. Dann aber war es wiederum keine Seltenheit, daß er sich stundenlang über ungerechte Einkommensverhältnisse ereiferte. Er sprach jedoch nie über sein eigenes Auskommen, obwohl er sich sein Studium zur Hälfte selber verdienen mußte und dennoch oft Leute zu sich einlud und sie großzügig bewirtete. Takuner war nämlich nicht nur ein Kämpfer und Verteidiger von Idealen, sondern auch ein Bewahrer herkömmlicher Sitten.

Wer auch immer seine Wohnung betrat, erfreute sich einer wohlwollenden Gastfreundschaft. Takuner entdeckte in einem fort Leute und lud sie ein. Besonders mit Menschen, die sich den Er-

wartungen von Verwandten und Vorgesetzten nicht beugten und einem voraussehbaren Alltagstrott zu entkommen suchten, hatte er viel Geduld und sah großzügig über kleinliche und ärgerliche Eigenschaften hinweg. Menschen, bei denen ich aufgrund mehrjähriger Bekanntschaft vorsichtig und zurückhaltend geworden war, fanden in Herbert Takuner immer noch einen, der sich Zeit nahm, sie anhörte und ihnen Geld lieh, das er ebensogut auf die Straße hätte streuen können. Dabei verhielt es sich nicht so, daß er etwa ihren Schlauheiten unterlegen war und sich ganz einfach von ihnen überlisten ließ. Einige von ihnen glaubten das wahrscheinlich. Ihr stets von einem positiven Ergebnis gekröntes Aufkreuzen verführte sie wahrscheinlich zu der Annahme, daß Takuner sie und ihre Schliche nicht durchschaute. Tatsache war jedoch, daß Takuner ziemlich genau über ihre Charaktere Bescheid wußte und sich dennoch nicht beirren ließ. Vielleicht hegte er die leise Hoffnung, daß sie sich irgendwann zugunsten ihrer Mitmenschen ändern würden, vielleicht bereitete es ihm einfach Spaß, oder er betrachtete es als eine Geste der Selbverständlichkeit. Er half und gab und redete anschließend nicht davon.
Wie unzertrennliche Brüder waren wir zusammen durch die elendsten Straßen im Stich gelassener Stadtviertel gezogen und hatten uns gegenseitig begeistert. Wir hatten dieselben Fächer studiert und hatten dieselben Vorlesungen besucht und

auf dieselben Professoren geflucht und einige wenige gelobt und ihnen hoffnungsvolle Entwicklungen gewünscht. Durch nichts als unsere Unbekümmertheit abgesichert, hatten wir alle Lebenswerte der Bürger bestritten und uns an die unerreichten Ziele von Selbstmördern oder schon früh der Armut oder dem Wahnsinn ausgelieferten Idealisten gehalten. Auf verschiedene Weise im Umgang mit Gepflogenheiten gleich ungeschickt, hatten wir oft staunende Gesichter um uns gehabt, über die wir anschließend herzhaft lachten. Bei Prüfungen hatten wir den Erfolg verachtet, und nur das Mißlingen war uns wertvoll genug erschienen, um danach in schäbigen und schlecht beleuchteten Lokalen in Gesellschaft ausweglos verlorener Menschen zu feiern. Alle Vorträge ganz und gar mittelmäßiger Poeten hatten wir besucht und sie aus purer Freizügigkeit mit Kritik und Sympathie überschüttet und ihre Erbärmlichkeit mit schönen Ausreden geschmückt.

Aber damit war es nun vorbei.

Jetzt fingen wir an, einander zu umgehen und auf unterschiedliche Gebiete auszuweichen. Wir hörten uns zwar gegenseitig zu und nickten hin und wieder mit den Köpfen, gerieten jedoch immer weiter auseinander.

Ich war natürlich noch ganz bei den Arbeitern und wollte zunächst nichts anderes, als von meinen Erlebnissen mit ihnen erzählen. Aber ich kam nicht weit, und Takuner begann seinerseits

vom Befreiungskampf in Angola und Moçambique zu reden. Er zeigte mir Bücher, Zeitschriften und Flugblätter und sprach von Kundgebungen, an denen er und Heidi teilgenommen hatten. Von diesem Befreiungskampf wußte ich noch nichts. Bekannt war mir lediglich, daß die beiden Länder, von denen mein Freund aufgeregt redete, irgendwo im südlichen Afrika lagen. In diesem Zusammenhang tauchten natürlich wieder Namen bestimmter Studentenführer auf, über die wir uns lustig gemacht hatten. Studentenführer, denen wir uns stets nur ganz entfernt angeschlossen hatten. Das war jetzt anders.
Zu meinem Erstaunen sprach Herbert Takuner jetzt durchaus wohlwollend von ihnen. Er zählte mir Betriebe auf, in denen binnen weniger Monate an die dreißig rote Zellen gegründet worden sein sollten. Anders und neu war jetzt auch sein entschiedenes Eintreten für den Sozialismus. So war beispielsweise die *Deutsche Demokratische Republik,* an der er früher kaum ein gutes Wort gelassen hatte, auf einmal auch für ihn der *tatsächlich bessere Teil von Deutschland.* Das behauptete er nun einfach, obwohl er nie in diesem Land gewesen war. Und er wußte auch genau, daß es die Arbeiter dort besser haben als im kapitalistischen Westen.
Derlei Töne waren mir tatsächlich unverständlich, zumal Takuner bis vor kurzem noch eifrig von einem Buch gesprochen hatte, dessen Verfasser nicht nur das Verschwinden der Individualität

in der hochentwickelten kapitalistischen Industriegesellschaft beschreibt, sondern auch in dem im Aufbau befindlichen Sozialismus keine Hoffnung auf einen Ausweg erblickt.
Es sei überholt, sagte er jetzt von diesem Buch, worauf es mir sofort sympathisch wurde. Früher hatte ich mich nämlich oft über dieses Buch geärgert, aber jetzt, da sein langjähriger Verehrer und Verteidiger es auf einmal fallenließ, fing es an, mich zu interessieren, wogegen mich Takuners neueste Entdeckung mit ziemlichem Unmut erfüllte. Dementsprechend ungehalten war auch meine Reaktion.
Arbeiten müsse man hier wie dort, sagte ich.
Das Hineingehen in eine Fabrik sei hier wie dort beschissen. Daran könne auch der Sozialismus nichts ändern. Es sei denn, es arbeiteten alle. Das sei die einzige Möglichkeit, tatsächlich etwas zu ändern, ereiferte ich mich. Egal, ob Politiker, Wissenschaftler, Wirtschaftsgrößen, Amtsvorsteher oder Persönlichkeiten der Kunst, alle sollten von Zeit zu Zeit zu Fabrik- oder Feldarbeit herangezogen werden. Da würden wir bald aufhören, uns gegenseitig zu mißachten und aneinander vorbeizuhetzen. Man müsse deshalb noch lange nicht befürchten, daß die Menschen ganz plötzlich und aus nichts als Einsicht und Liebe zueinander einem Paradies entgegentaumeln würden. Die uns anerzogenen und weit in die Geschichte zurückreichenden Beschränkungen und Feindschaften würden gewiß noch anhalten,

sagte ich. Es sei jedenfalls höchst sonderbar, daß Denken und Arbeiten immer noch auseinandergehalten werde.
Takuner ging indessen rauchend in der Wohnung auf und ab. Er schwieg eine Weile und sprach schließlich davon, daß ich einer ihm unverständlichen Euphorie zum Opfer gefallen sei. Was ich da vorbrächte, sei ganz einfach ein Witz. Manuelle Arbeit sei gewiß schwer, aber doch nicht so weltbewegend, daß er auf einmal nur noch von ihr zu reden habe. Und falsch und kleinlich sei es auch, den Sozialismus nur aus der Sicht der Arbeiter zu betrachten. Und ebenfalls falsch sei meine Behauptung, daß der Sozialismus die Produktionsbedingungen nicht verändere. Das tue er sehr wohl. Darüber sprach er dann lange, was an meinem Unmut gegen den Sozialismus freilich nichts änderte.
Wir sahen die Dinge nun doch recht verschieden.
Herbert Takuner, der sowohl über die Sprache eines vielseitig humanistisch gebildeten Menschen verfügte als auch alle gängigen Begriffe und Ausdrucksweisen verschiedener kämpferischer Gruppierungen beherrschte, war ein abstrakter Denker und hielt es mit Theoretikern und Idealisten, die langfristige Ziele verfolgten und nicht verzweifelten. Ich wiederum fühlte mich zu Leuten wie Strauch oder Schärdinger oder meinen Bruder hingezogen. Mit ihnen konnte ich mich verständigen. Von ihnen aus be-

trachtet, lösten sich die schönsten Ideen immer wieder in Arbeit auf. Selbst einer wie Werner Strauch, der für die Sache der Arbeiter kämpfte und sich zum Sozialismus bekannte und aufmerksam alle Phasen der Studentenunruhen mitverfolgt und zu verstehen versucht hatte und sich über jede einigermaßen gelungene Rede eines Genossen freute und sich fragte, was nach einem Sieg der fortschrittlichen Kräfte für ihn anders sein würde, fand keine andere Antwort, als daß er auch dann eben arbeiten würde. Und er forderte deshalb auch, daß alle arbeiten sollten. Die Sache mit dem Von-Zeit-zu-Zeit-in-die-Fabrik-oder-aufs-Feld-geschickt-Werden war nämlich nicht meine, sondern Werner Strauchs Idee. Sie erfreute sich freilich keiner großen Anhängerschaft und fand auch bei meinem Freund kein Gehör, was mich aber nicht hinderte, ihm vorzuschwärmen, daß es doch ein durchaus interessantes Experiment sein könnte, einmal nicht den täglichen Gewohnheiten zu folgen, sondern womöglich schon in aller Früh mit Holzknechten durch einen Wald zu gehen oder Postsäcke zu schleppen oder Straßen zu kehren oder vielleicht einen Rollwagen in einen Stollen zu schieben und am Abend Seite an Seite mit einem Minister in der Kantine zu hocken und Bier zu trinken.

Takuner schüttelte dazu verärgert den Kopf. Das seien doch alles nur Phantastereien, wie sie immer wieder von irgendwelchen Individualisten erträumt würden. Da lobe er sich wirklich, daß es noch Leute gebe, die sich eine klare Sicht bewahrt haben und den Kampf gegen den Imperialismus fortsetzen, was gewiß nicht einfach sei, da die Bevölkerung darüber nicht informiert werde. Und da helfe eben nichts, als die Sache in die Hand zu nehmen, sich Literatur zu beschaffen und Flugblätter und Zeitungsartikel zu schreiben und Kundgebungen zu organisieren, worauf ich schließlich nur noch nickte und mir sagte, du bist eben ein Individualist. Ein Ausdruck, der mich wahrscheinlich hätte betroffen machen sollen, mich aber keineswegs störte. Im Gegenteil, ich war ja für mehr Individualität und hatte wenig Verständnis für jene fortschrittlichen Denker, die diesen Begriff in ein Schimpfwort verkehrten. Und der Witz war, daß Takuner ja selber ein Individualist war und nirgends so richtig dazupaßte. Für die Verteidiger des Sowjetsozialismus schielte er zu sehr nach der Volksrepublik China und hatte wahrscheinlich zu wenig gegen das Aufbegehren von Dissidenten. Den Anhängern von Mao Tse-tung war er nicht entschieden genug gegen den Sowjetimperialismus und zu wenig flexibel, wenn es darum ging, sich einen raffinierten Schachzug chinesischer Außenpolitik einzuverleiben. Den Jungsozialisten war er in seinen Ansichten zu radikal und galt für verloren. Für die Trotzkisten wiederum, die sich sowohl auf Lenin und Marx als auch auf Trotzki beriefen und sich weder da noch dort festlegten, hatte er kein Verständnis. Den kritischen Katholiken wiederum, zu denen er wohl oder übel auch Kontakt hatte, weil sie so ziemlich die einzigen waren, die sich noch mit Kultur befaßten, warf er vor, daß sie politisch unentschlossen und perspektivenlos seien, und gestand ihnen gleichzeitig zu, daß sie immer wieder interessante Leute hervorbrächten. Und dazu gab es noch die vielen anderen, die ihn Tag für Tag umgaben und sich um nichts als ihr Fortkommen kümmerten und ganz einfach an allem, was nicht unmittelbar zu ihrem Vorteil ausschlug, rasch vorbeigingen und anscheinend mit Leichtigkeit lächerliche und sinnlose Prüfungen hinter sich brachten und bei weitem die Mehrheit ausmachten. Aber Takuner ließ sich nicht beirren. Er blieb der unverdrossene Kämpfer und sah großzügig über die Opportunisten hinweg.

Umso genauer und eingehender aber beschäftigte er sich mit mir, was freilich nicht nur damit zu tun hatte, daß ich die Errungenschaften des Sozialismus nicht zu würdigen wußte und mich abfällig über politische Aktionen der Studenten äußerte, sondern wohl auch damit, daß ich ja ins Rampenlicht befördert werden sollte. Nicht daß Takuner mich darum beneidete. Nein, das war es bestimmt nicht, warum er mir auf einmal sein Interesse entzog und gegenüber meinen Ausführungen ein deutliches Mißtrauen hervorkehrte und sich veranlaßt fühlte, mir im Sinne einer Vorhaltung von Taten kämpferischer Vorbilder zu erzählen. Nein, es war gewiß nicht Mißgunst, warum er auf einmal an dem mir vorausgesagten Im-Rampenlicht-Stehen wenig Gefallen fand, sondern vielmehr der nicht unbegründete Argwohn, ich könnte dem mir nun von bestimmten Leuten unerwartet entgegengebrachten Wohlwollen auf den Leim gehen, wodurch ich mir tatsächlich etwas eingeschränkt vorkam und schließlich ganz einfach meiner Wege ging.

Gleichgültig, ob es meinem einzigen und besten Freund nun paßte oder nicht, spazierte ich eines Nachmittags an gepflegten Gärten und Parkanlagen entlang durch ein Villenviertel und besuchte Isabell Mühlhauser, die ich während der Literaturpreisvergabe kennengelernt und die mich zum Abschluß noch zu sich zum Kaffee eingeladen und mir bald darauf geschrieben hatte, ich sollte doch dieses schreckliche Barackenlager aufgeben und mir einen angenehmen Ort suchen, um in Ruhe an meinem Manuskript zu arbeiten. Über diese durchaus wohlmeinende Besorgnis hatte ich natürlich geschmunzelt und ihr geantwortet, daß ich mich im Barackenlager sehr geborgen fühlte und es mit dem Wegziehen keineswegs eilig hätte, aber insgeheim schmeichelte es mir doch, daß sie an mich gedacht und mir geschrieben hatte, obwohl ich mir beim besten Willen nicht vorstellen konnte, warum sie an mir Gefallen finden sollte, denn ich sah in ihr eine Angehörige einer Welt, deren Werte ich verachtete und deren Bequemlichkeit ich am liebsten zerstört wissen wollte. Aber soviel Bosheit traute

sie mir wahrscheinlich nicht zu und hielt mich womöglich für einen im Grunde genommen gutmütigen Menschen, der sich unter dem Einfluß seiner Freunde zu Meinungen verleiten ließ, die in Wirklichkeit nicht seinem Wesen entsprungen waren. Irgend etwas von dieser Art mußte sie sich jedenfalls gedacht haben, als sie mir schrieb, denn sie wußte, daß der von ihr wiederholt als brutal charakterisierte Herbert Takuner, der mehrere Jahre erfolgreiche Studentenführer Daniel Gössing und der wegen seiner unberechenbaren Auftritte von vielen Professoren gefürchtete Fritz Kremser und ich befreundet waren und bestimmt keine guten Absichten gegen das Bürgertum hegten.
Aber das nahm sie von mir wahrscheinlich nicht an, zumal ich ja nun nicht mehr einer *trostlosen* und *meine Kräfte aufzehrenden Arbeit* nachzugehen hatte und statt dessen in der Gunst etlicher einflußreicher Leute stand und *gute Sachen* in Aussicht hatte. Und zudem gab ich mir ja auch Mühe, ihr ruhig und unbeschwert zu begegnen, was sie natürlich mit noch mehr Ruhe und Gelöstheit zu erwidern wußte, indem sie mir lächelnd entgegenkam und erst einmal mit mir unterm offenen Gartentor plauderte und dann eine ziemliche Weile Seite an Seite mit mir im Garten umherspazierte, ehe sie mich schließlich ins Haus führte und mich im Wohnzimmer Platz nehmen ließ. Und ich saß dann einfach da und äußerte mich mit keinem Wort über Teppiche,

Möbel, Bilder, Vasen und was es sonst noch an wertvollen Gegenständen gab.
Und Isabell saß ebenfalls da und lächelte. Sie hatte eine sanfte Stimme und liebte wohlklingende Sätze. Sie nahm an fast allen literarischen Veranstaltungen teil, meldete sich in regelmäßigen Abständen zu Wort und führte Klage, daß es in der modernen Literatur keine allumfassende Darstellung, sondern nur noch negativ besehene Teilbereiche gebe, sodaß sie mehr und mehr das Gefühl bekomme, die Welt bestehe nur aus Niedertracht, Elend und Schlechtigkeiten, während sie doch der Meinung war, daß das menschliche Leben auch von positiven Werten und erfreulichen Erlebnissen bestimmt sei, was sie wiederum nicht hinderte, sich fast nur mit Leuten zu umgeben, die in einem fort von Mißständen, Unrecht und Unterdrückung redeten und es sich zur Aufgabe gemacht hatten oder zumindest davon redeten, für die Beseitigung der Klassengesellschaft zu kämpfen. Es kam durchaus vor, daß einer ihrer Gäste während eines friedlichen Mittagessens plötzlich von Revolution und großen Umwälzungen zu sprechen begann. Derlei ließ sie geschehen. Und auch andere, im kleinen der Systemveränderung gewidmete Gespräche hörte sie sich geduldig an, sodaß ich bald mein Mißtrauen gegen sie milderte und in ihr nicht nur eine Angehörige des Bürgertums sah, sondern auch eine eventuelle Mitstreiterin, die ich zudem recht attraktiv fand, was mich natürlich von vornher-

ein für sie einnahm und mir allerlei zutrauliches Geschwätz entlockte, für das die sanfte Isabell stets ein aufgeschlossenes Ohr hatte. Ich bildete es mir jedenfalls ein und mutmaßte nicht gleich, daß sie mir vielleicht mein Bewußtsein versüßen oder mich womöglich überhaupt in einen friedliebenden, glücklichen Menschen verwandeln könnte.

Siegfried Lenz im dtv

Foto: Klaus Morgenstern

»Siegfried Lenz gehört nicht nur zu den ohnehin raren großen Erzählern in deutscher Sprache, sondern darüber hinaus auch noch zu den ganz wenigen, die Humor haben...«
(Rudolf Walter Leonhardt)

Der Mann im Strom
Roman
dtv 102

Brot und Spiele
Roman
dtv 233

Jäger des Spotts
Geschichten aus dieser Zeit
dtv 276

Stadtgespräch
Roman
dtv 303

Das Feuerschiff
Erzählungen
dtv 336

Es waren Habichte in der Luft
Roman
dtv 542

Der Spielverderber
Erzählungen
dtv 600

Haussuchung
Hörspiele
dtv 664

Beziehungen
Ansichten und Bekenntnisse zur Literatur
dtv 800

Deutschstunde
Roman
dtv 944 / dtv großdruck 25057

Einstein überquert die Elbe bei Hamburg
Erzählungen
dtv 1381 / dtv großdruck 2576

Das Vorbild
Roman
dtv 1423

Siegfried Lenz
im dtv

Foto: Klaus Morgenstern

Der Geist der Mirabelle
Geschichten aus Bollerup
dtv 1445

Heimatmuseum
Roman
dtv 1704

Der Verlust
Roman
dtv 10364

Die Erzählungen 1949 – 1984
3 Bände in Kassette
dtv 10527

Über Phantasie
Gespräche mit Heinrich Böll, Günter Grass, Walter Kempowski, Pavel Kohout
Hrsg. v. Alfred Mensak
dtv 10529

Elfenbeinturm und Barrikade
Erfahrungen am Schreibtisch
dtv 10540

Zeit der Schuldlosen und andere Stücke
dtv 10861

Exerzierplatz
Roman
dtv 10994

Ein Kriegsende
Erzählung
dtv 11175

Das serbische Mädchen
Erzählungen
dtv 11290

Lehmanns Erzählungen oder So schön war mein Markt
Aus den Bekenntnissen eines Schwarzhändlers
dtv 11473

Leute von Hamburg
Meine Straße
dtv 11538

Die Klangprobe
Roman
dtv 11588

Waltraud Anna Mitgutsch im dtv

»Hier ist eine Autorin am Werk, die in puncto psychologischer Kompetenz nicht so leicht ihresgleichen hat.«
(Dietmar Grieser in ›Die Welt‹)

Die Züchtigung
Roman · dtv 10798

Eine Mutter, die als Kind geschlagen und ausgebeutet wurde, kann ihre eigene Tochter nur durch Schläge zu dem erziehen, was sie für ein »besseres Leben« hält. Ein literarisches Debüt, das fassungslos macht.

Das andere Gesicht
Roman · dtv 10975

Sonja und Jana verbindet von Kindheit an eine fragile, sich auf einem schmalen Grat bewegende Freundschaft. Später gibt es Achim, den beide lieben, der beide begehrt, der sich – ein abenteuernder, egozentrischer Künstler – nicht einlassen will auf die Liebe…

Ausgrenzung
Roman · dtv 11487

Die Geschichte einer Mutter und ihres verhaltensgestörten, wie die Ärzte sagen: autistischen Sohnes. Die Geschichte einer starken Frau und eines zarten Kindes, die sich selbst eine Welt erschaffen, weil sie in die Welt der anderen nicht zugelassen werden.

In fremden Städten
Roman · dtv 11863

Eine Amerikanerin in Europa – zwischen zwei Welten und keiner ganz zugehörig. Sie verläßt ihre Familie in Österreich, wo sie sich nie zu Hause gefühlt hat, und kehrt zurück nach Massachusetts. Dort versucht sie an ihr früheres Leben und ihre Herkunft anzuknüpfen. Doch ihre Erwartungen wollen sich auch hier nicht erfüllen…

Oskar Maria Graf im dtv

Die Chronik von Flechting
Kraftvoller Dorfroman, erzählt aus dem 19. Jahrhundert
dtv 1425

Die gezählten Jahre
Packende Zeitgeschichte, 1934 im Exil entstanden
dtv 1545

Wir sind Gefangene
Ein Bekenntnis
Grafs Erlebnisse 1905 bis 1918
dtv 1612

Das Leben meiner Mutter
Grafs Mutter, eine einfache Frau aus dem Volke
dtv 10044

Gelächter von außen
Aus meinem Leben 1918 bis 1933
dtv 10206

Kalendergeschichten
dtv 11434

Der harte Handel
Kriminalfall aus der bayrischen Heimat
dtv 11480

Anton Sittinger
Politische Enthaltsamkeit gerät zum Duckmäusertum
dtv 11855

Die Erben des Untergangs
Roman einer Zukunft
dtv 11880

An manchen Tagen
Reden, Gedanken und Zeitbetrachtungen
dtv 11898

Jedermanns Geschichten
dtv 11899

Reise in die Sowjetunion 1934
dtv 71012

Charles Bukowski im dtv

Foto: Richard Robinson

Gedichte die einer schrieb bevor er im 8. Stockwerk aus dem Fenster sprang
dtv 1653

Faktotum
dtv 10104

Pittsburgh Phil & Co.
dtv 10156

Ein Profi
dtv 10188

Das Schlimmste kommt noch oder Fast eine Jugend
dtv 10538

Gedichte vom südlichen Ende der Couch
dtv 10581

Flinke Killer
dtv 10759

Nicht mit sechzig, Honey
dtv 10910

Das Liebesleben der Hyäne
dtv 11049

Pacific Telephone
dtv 11327

Hot Water Music
dtv 11462

Western Avenue
dtv 11541

Hollywood
dtv 11552

Die Girls im grünen Hotel
dtv 11731

Roter Mercedes
dtv 11780

Der Mann mit der Ledertasche
dtv 11878

Neeli Cherkovski:
Das Leben des Charles Bukowski
dtv 11732

Das Buch

»Herbert Takuner beschwor mich, doch endlich zu akzeptieren, daß ich Intellektueller sei. Ob ich es nun wahrhaben wolle oder nicht, Tatsache sei, daß ich zu den Intellektuellen gehöre. Es sei nun wirklich an der Zeit, mir diesen Umstand einmal deutlich vor Augen zu halten. Es sei eine Illusion zu glauben, ich könne mich als Arbeiter besser entfalten. Das sei eine völlige Verkennung der Realität.« Nach langen Jahren des Studiums an Schulen und Universitäten will Lambrecht wieder dahin zurückkehren, von wo er einmal aufgebrochen war: zu den Arbeitern. Enttäuscht von den schönen Tagen auf der Schattseite der großen Wörter, läßt er sich als Wochenendpendler in einer Baufirma in der Nähe von München einstellen.

Der Autor

Franz Innerhofer wurde am 2. Mai 1944 in Krimml bei Salzburg geboren. Mit sechs Jahren kommt er auf den Hof seines Vaters. Dort lebt und arbeitet er elf Jahre, anschließend Schmiedelehre und Militärdienst. Ab 1966 Gymnasium für Berufstätige, danach Studium der Germanistik und Anglistik in Salzburg. Er veröffentlichte u.a.: ›Schöne Tage‹ (1974), ›Schattseite‹ (1975), ›Die großen Wörter‹ (1977), ›Um die Wette leben‹ (1993), Romane.